역사는 기억한다

역사는 기억한다

초판 1쇄 인쇄 · 2025년 3월 25일
초판 1쇄 발행 · 2025년 3월 30일

지은이 · 송기한
펴낸이 · 김화정
펴낸곳 · 푸른생각

편집 · 지순이 | 교정 · 김수란, 노현정 | 마케팅 · 한정규
등록 · 제310-2004-00019호
주소 · 서울시 중구 충무로 29, 아시아미디어타워 502호
대표전화 · 02) 2268-8707
이메일 · prunsasang@naver.com

ISBN 979-11-92149-53-0 03810
값 18,000원

역사는 기억한다

송기한 산문집

ㄹㄷㅎ

.

　　이 책은 2021년 이후 『중도일보』의 '풍경소리'
란에 쓴 것을 모은 것이다. 이 신문의 장에는 글쓴이에게 요구
하는 무슨 특별한 주제랄까 소재는 없다. 그러다 보니 초기에
는 모두가 공감하는, 아니 가지고 있을 법한 경험들을 회고 차
원에서 쓴 것이 많다.

　하지만 회를 거듭하면서 사회적인 것들에 대한 관심이 증폭
되고, 이를 찬성하거나 혹은 비판하는 글들을 많이 쓰게 되었
다. 사회적인 것이나 정치적인 것들에 대해 글을 쓰게 되면, 글
이 예민해지기 마련이다. 하지만 그렇다고 해서 우리가 사회의
한 구성원으로 살고 있는 이상 이를 계속 외면하는 것도 어려
운 일이다.

　나는 가난한 집에서 태어났다. 그것도 도시가 아니라 시골
이다. 도시적 삶이 아니라는 것은 풍성하게는 먹지 못하더라도

적어도 굶어 죽을 수 있는 확률은 상대적으로 적다. 집 밖으로 나가면 무밭이 있고 고구마 밭, 감자 밭이 있는 까닭이다. 뿐만 아니라 아무도 먹지 않았던 돼지감자라는 것도 있었다. 배가 고프면, 아무도 몰래 남의 무를 뽑아서 먹기도 하고, 고구마 같은 것도 슬쩍 캐서 먹기도 했다. 윤리적으로 문제가 있지만, 살기 위해서는 어쩔 수 없었다.

이런 환경에서 성장하다 보니 가난한 사람을 비롯한 사회적 약자에 관심이 많았다. 그래서 그들의 삶과 세계에 동조하거나 긍정적 시선을 보낸 편이다. 그러니 사회적인 입장에서 쓰는 글도 이들의 세계관을 담은 글들을 쓰게 된다.

약한 존재들에 대한 관심은 역사를 응시할 때도 동일했다. 일찍이 신채호는 역사를 아(我)와 비아(非我)와의 투쟁으로 정의한 바 있고, 이는 어느 정도 설득력을 갖고 있다. 하지만 이런 역사의식에서 간과된 부분이 있다. 아와 비아와의 투쟁이라고 했지만, 이 논리에 그대로 따르다 보면, 역사는 강자들만의 역사, 그리고 그들에 의해서 승리하는 역사만이 기록될 뿐이고, 그 아래 있는 사람들의 역사는 잘 기록되지 않는 것이 현실이다. 인간의 삶이 역사에 기록되기 위해서 있는 것은 아니지만, 어떻든 이런 역사를 두고 긍정적이고 윤리적으로 가치가 있다고 생각하지는 않는다.

그러다 보니 아픈 역사라든가 슬픈 역사, 약자들의 역사가 눈에 들어온다. 이런 인식이 나로 하여금 힘없는 자들에 관심을 갖게 하는 근본 동기가 되었다.

우리는 선진 사회에 들어가 있다고 한다. 국민소득이 이웃 일본을 추월했다고 하고, 국민총생산이 상위권에 올라 있다고 하니 이렇게 말하는 것도 큰 무리는 아닐 것이다. 하지만 경제적으로 일정 수준에 올라 있다고 해서 그런 상태를 두고 선진국이 되었다고 하는 것은 어불성설이고 무언가 견강부회된 느낌을 지울 수가 없다. 이는 단지 숫자로 국민의 비판성을 무디게 하려는 것이 아닌가 하는 의심이 들기 때문이다.

우리에게는 여전히 계몽의 정신이 유효한 것처럼 보인다. 선진 사회라고 하면서 야만의 사회에서나 있을 법한 일들이 간간이 일어난다. 그리고 이런 야만이나 계몽을 요하는 일들을 두고 모른 척, 남의 일인 척 생각하는 사람들이 제법 많이 있다. 이런 현상은 문명국에서는, 선진 사회에서는 결코 일어나서는 안 되는 일이다.

나는 우리 사회에 견고하게 남아 있는 이런 비문명적 사건들을 또한 비판적으로 응시하려고 했다. 비판과 감시가 있어야 개선이나 발전 또한 담보될 수 있을 것이다.

우리나라는 계속 발전해야 하고 우리들 역시 지금까지 보지 못했던 계몽인이 되어야 한다. 뿐만 아니라 세계의 중심으로도 우뚝 서야 한다. 그 숭고한 목표 앞에서 우리는 한민족이라는 이름하에 하나의 단위가 되어야 한다. 그래야만 갈등의 역사, 분열의 역사를 넘어 선진 사회로 편입될 수 있을 것이다.

이 책에는 시사적인 글 이외에도 문학적인 글도 있다. 아카데믹한 무대에서는 할 수 없는 성격의 글을 대중적으로 풀어서 써보았다. 이런 시도야말로 문학이 대중의 삶, 일상성과 깊이 연결될 수 있는 긍정성이라 할 수 있을 것이다.

2025년 3월

송기한

2부 백마강의 꿈

3부 중용과 비판

4부 문화의 빈곤

5부 역사와 미래

1부

쓴소리, 단소리

신정(新正) 단상

        며칠 전, 1월 1일은 임인년 새해의 시작일이다. 이를 기념하기 위하여 코로나 상황임에도 불구하고 처음 떠오르는 해를 보려고 산과 바다로 사람들이 몰려들었다. 처음 떠오르는 해를 보면서 올 한 해의 건강과 복을 빌기 위함이다.

    하지만 이런 기복 사상이 만들어진 것은 그 역사가 길지 않다. 오히려 새해 1월 1일은 겉보기와 다르게 불편한 진실이 숨어 있었던 것도 사실이다. 특히나 50대 이후의 세대들은 이런 정서로부터 더더욱 자유롭지 않았다.

    30여 년 전까지만 해도 우리에게는 두 개의 설이 있었다. 양력설인 1월 1일의 신정(新正)이 그 하나이고, 음력설인 구정(舊正)이 다른 하나이다. 요즘 세대에겐 신정과 구정이란 말이 모두 낯설 것이다. 그도 그럴 것이 지금에는 이런 이분법이란 적어도 존재하지 않기 때문이다.

양력설인 신정은 우리에게 강요된 것이나 다름없다. 이것은 일종의 연호와 관련이 깊은 것인데, 잘 알려진 것처럼, 과거 우리의 연호는 대개 중국의 것을 따랐다. 가령, 만력(萬曆) 몇 년, 강희(康熙) 몇 년 하는 식으로 연도를 표기한 것이다. 그러던 것이 1896년(고종 32년)에 이르러 중국식 연호를 사용하지 않고(물론 이 즈음은 고종이 황제로 등극하여 우리식의 연호인 융희 등을 사용하기도 했다), 태양력을 받아들여 정식 연호로 사용하게 된다.

설을 둘러싼 논란은 이때부터 시작되었다. 태양력을 사용하되 음력설은 여전히 우리 최대의 명절 가운데 하나였다. 그런데 일제는 우리 민족이나 문화를 말살하는 차원에서 음력설 자체를 부정하고, 이때 행해지던 여러 세시풍속 또한 금지시켰다. 그들만의 방식, 문화에 따라 양력설을 쇠도록 강요했던 것이다. 나라의 주권이 없으니 이들의 강요에 대해 어떤 이견을 제기하는 것은 불가능한 일이었다.

하지만 일제에 의해 사라질 뻔했던 음력설은 해방되고도 사정이 나아지지 않았다. 음력설은 이른바 이중과세(二重過歲)의 문제와, 양력설이 전 세계적으로 공유되고 있다는 논리에 따라서 여전히 개선되지 않았기 때문이다.

독재정권과 군사정권은 민족 고유의 명절인 음력설 문제에 대해서는 요지부동이었다. 문제는 이런 상황이 일상의 한 부분을 지배하고 있었다는 사실이다. 도시도 그러하지만 농촌에서 자란 사람들은 이 문제가 함의하고 있는 진영 논리를 잘 기억하고 있을 것이다. 근대를 접한 사람들, 가령 교사라든가 공무원 등과 같은 식자층들은 이때 모두 양력설을 쇠고 있었다. 그들이 이런 정책을 지지한 것인지 아니면 강요에 의한 것인지는 몰라도 어떻든 현실은 그러했다. 반면 이를 제외한 대부분의 사람들은 대개 음력설을 고유의 명절로 수용하고 있었다. 이런 상황에서 음력설을 명절로 받아들이는 사람들은 소위 근대적인 것, 상층 문화로부터 비켜서 있는 존재들로 비춰졌다. 한 나라의 고유한 명절을 두고 이런 정서의 갈라치기가 생겨날 수 있었던 사실이 지금 생각하면 우습기 그지없다.

어떻든 음력설을 막아보고자 하는 과거 정권들의 방해는 집요했다. 심지어는 음력설에 표시되었던 빨간 날, 곧 공휴일까지 없애버렸다. 그럼에도 수많은 대중들은 음력설을 지키기 위한 노력들을 포기하지 않았다. 열차표를 사기 위해 매표소 앞에서 밤을 지새우기 일쑤였고, 자동차가 별로 없던 시절에도 고향 가는 길의 고속도로는 여전히 붐볐다. 그러다가 음력설을 공휴일로 지정하겠다는 대선 공약, 총선 공약까지 나왔다. 그러니 정부로서도 음력설에 대해 더 이상 막을 명분이 사라졌

신정(新正) 단상

다. 그리하여 구정을 1985년에는 민속의 날로 지정하기에 이르렀다. 그런 다음 1989년에는 비로소 공휴일로 지정되었다. 이제 음력 1월 1일은 정식 설날로 인정받게 된 것이다.

　전통은 어느 한순간에 만들어지는 것이 아니다. 그것은 수만 년의 세월 속에서 축적된, 민족의 심연 속에서 도도히 흐르는 것이기에 어떤 강요나 압제에 의하여 쉽게 사라질 성질의 것이 아니다. 신정은 그런 과정을 거쳐서 설날이라는 지위를 잃게 되었다. 그렇다고 신정이 갖고 있는 의미를 축소해서는 안 될 것이다. 그것은 이제 해맞이라든가 한 해의 새로운 다짐을 위한 시작으로 중요한 의미를 갖기 시작한 까닭이다. 새해 1월 1일, 곧 신정은 축제 문화가 사라지고 개인화되고 있는 요즈음 우리의 또 다른 집단 문화로 자리하게 될 것이다.

■ 중도일보, 2022년 1월 4일

국민학교 입학식의 추억

코로나 팬데믹이 지속되면서 늘 시행되던 행사들이 취소되거나 연기되곤 한다. 행사 없는 것이 일상화되고, 그런 일상이 계속 반복되니 그것이 새로운 관습처럼 보이기도 한다. 과거의 행사들은 이제 잊히는 것처럼 비춰져서 안타깝기도 하다. 하지만 언젠가는 이런 비상 상황도 끝나리라. 잊히는 것이 낯익다 보니 이전의 일들이 언뜻언뜻 생각나기도 하고, 또 그리워지기도 한다.

낯익었던 행사 가운데 요즘 생각나는 것이 입학식이다. 졸업과 입학은 당사자들에게는 기쁨과 희망이기에 주변 사람들은 이들에게 축하를 해주는 것이 상례다. 코로나 팬데믹은 이 기쁨과 축하의 장을 빼앗아버렸지만 말이다. 이런 뜻깊은 행사들을 못 하게 만들었으니 이 행사들이 못내 아쉽고 그리운 것은 당연한 일일 것이다.

이 가운데 가장 그리운 기억으로 떠오르는 것이 국민학교 입학식이다. 국민학교 입학식이라고 컴퓨터 자판에 치니 스스로 교정해준답시고 초등학교라고 자꾸 글자가 바뀐다. 이렇게 명칭이 자동으로 변하는 것을 보니 그 세월이 참 오래도 흐른 것 같다. 하지만 하지 못하는 현재의 상황 속에서 과거의 것들이 더욱더 강하게 소환된다. 세월이 흐르면서 지난 과거의 것들이 새삼 떠오르는 것은 인지상정일 것이다. 특히 나아가야 할 세계가 힘들 때 더욱 그러한 것 같다.

국민학교 입학식은 1960~70년대 세대에게는 인생에 있어 대개 처음으로 맞이하는 행사다. 물론 이 이전에 유치원 등에 다닌 경험이 있는 학생들도 있었을 것이다. 하지만 그것은 어디까지나 근대화된 도시의 아이들 이야기이고, 시골에서 유치원을 다닌 학생은 거의 없었다고 해도 과언이 아니다. 그러니 국민학교 입학은 가정에서 처음으로 외부 집단으로 나아가는 행사가 되었다.

부모와 가정으로부터 벗어나는 것은 두려움과도 같은 것이었다. 마치 처음 세상 밖으로 나아가는 아기새의 비상이나 알을 깨고 부화하는 병아리와도 같은 처지라고나 할까. 낯선 광장으로 처음 나아가는 것이기에 이 입학식에서는 상위 학교와는 다른 몇 개의 절차랄까 구비되는 조건이 있었다. 그 하나가 부모님의 손이다. 낯선 세계로 가는 것이니 보호자로서 부모님의 따뜻한 손은 절대적인 보호 수단이었다.

그리고 다른 하나는 가슴에 찬 하얀 수건이다. 어느 학생에겐 손수건이었고 다른 학생에겐 조그만 수건 조각이었다. 누구나 왼쪽 가슴에 핀으로 고정해서 차고 학교엘 갔다. 마치 이름표와 같이 아주 당당하게 차고 간 것이다. 가슴에 하얀 수건을 달아야 비로소 학생이 된 것이었다. 말하자면 그것은 입학의 증표처럼 생각되었는데, 달리 말하면 수건이 없으면 학생이 아니었던 것이다.

그런데 나는 이 수건의 기능에 대해 무지했었다. 어느 순간까지도 이것은 그저 단순한 이름표인 줄만 알고 있었던 것이다. 수건은 단지 나라는 사람을 증거하는 수단이 되는 것이니까 흙이라든가 기타 이물질이 묻지 않도록 소중하게 관리해야겠다는 생각뿐이었다. 대부분 학생들 또한 나와 비슷한 생각을 갖고 있었다. 그런데 얼마 지나지 않아 이렇게 소중히 간직해야 할 수건으로 어떤 애들은 코를 닦고 있는 것이 아닌가. 아니 깨끗한 수건에다가 코를 묻히다니. 정말 이해할 수 없는 일이었다.

수건의 용도는 이름표가 아니었는데, 이를 안 것은 오랜 세월이 지난 뒤였다. 코를 닦았던 애처럼, 흘리는 코를 닦으라고 가슴에 붙여준 것이었다. 그 당시에는 왜 그렇게 코를 흘렸는지 모른다. 나를 포함해서 모든 애들이 코를 질질 흘렸다. 어떻든 닦을 데가 마땅치 않아서 양 팔뚝의 옷소매로 마구마구 비벼댔다. 닦은 코들이 말라붙어서 학생들의 소매가 대부분 반들반들거릴 정도였다. 그때는 왜 그렇게 콧물들이 많이 나왔는지. 날씨가 지금보다 추워서 그런 것인가 아니면 보온 효과가 떨어지는 옷들을 입어서 그런 것인가. 어떻든 이때 따듯하게 겨울을 보낸 애들은 거의 없었다. 갑갑한 코로나 상황에서 그 시절이 무척 그리워지는 오늘이다.

■ 중도일보, 2022년 2월 22일

오백 원의 가치

        최근에 이사를 해야 할 상황에 놓여 있었다. 누구에게나 그러하듯 이사란 결코 녹록한 일이 아니다. 이런 현실에 나의 경우는 더 특별히 추가되는 일이 있다. 바로 책의 문제이다. 직업상 가끔은 정리해야 하고 또 버려야 할 책들이 이따금씩 생겨나게 된다. 유효성이 지난 온갖 잡지들이 산더미처럼 쌓여 있었음은 물론이거니와 게다가 이번에는 입시 공부하던 아들의 책까지 더해져서 그 양과 부피가 다른 때보다 상당했다.

    재활용을 할 수 있는 곳에 내다 놓으면 그뿐이지만, 이 일 또한 쉬운 것은 아니다. 예전의 경험을 소환한다면, 더욱 그러하다. 이 일을 마치고 다가오는 몸살을 피하기란 어려운 일이기 때문이다. 그래서 이번에는 전과 다르게 처분하고픈 생각이 들었다. 고물상에 팔기로 한 것이다. 양이 전보다 제법 많기에 그 대가로 받는 돈 또한 결코 만만치 않을 것이라고 생각했다. 그래서 이번에는 직접 처리하기로 맘먹고 재활용센터에 문의했다. 킬로그램당 130원을 준다는 답을 얻었다.

이런저런 즐거운 생각을 하면서 이곳을 나왔다. 그런데 저 멀리서 어떤 할머니가 리어카를 끌고 끙끙대며 이곳으로 오는 것이 아닌가. 리어카에는 제법 많은 폐휴지들과 폐박스들이 담겨 있었다. 이를 보고 참 열심히들 살아가고 있다는 생각이 들었다. 하지만 다른 한편으로는 측은한 마음 또한 가시지 않았다. 무척 힘들어 보였기 때문이다. 순간 다른 생각이 머릿속에 자리했다. 쌓아놓은 책들을 내가 처리할 것이 아니라 저분들에게 주면 어떨까. 그래 그거 얼마나 된다고 내가 챙기나. 생각 끝에 다시 그 센터에 들어갔다.

"사장님! 형편이 다른 분에 비해 어려운 분들, 그리고 책을 운반할 수 있는 분들, 이렇게 두 분을 골라서 저희 집에 보내주시면 좋겠어요. 불우 이웃 돕기도 하는 마당에 그분들에게 좋은 아르바이트 거리를 주고 싶네요."

"알았습니다. 아마 책을 받게 되는 분들이 무척 좋아하실 겁니다."

다음 날 두 분의, 비교적 건강하신 분들이 집으로 오셨고, 쌓여 있던 짐들을 모두 다 가지고 가셨다. 마침 퇴근 시간이 다 되었고, 가는 길이 재활용센터를 지나가게 되어 있어서 한번 들러보기로 했다. 무거운 짐을 제대로 옮겼는지 또 가격은 얼마나 되는지 궁금했기 때문이다. 아직 도착하지 않으셨다는 답을 들었다. 아마 책이 많아서 다른 때보다 힘드셔서 그럴 것이라는 사장님의 말이 덧붙여졌다.

잠시 기다리고 있는데 어떤 할아버지가 폐휴지를 팔러 왔다. 자전거 뒤에는 제법 많은 양의 폐박스가 실려 있었다. 여사장님은 흔히 있어온 일이란 듯 능숙한 솜씨로 그가 가져온 재활용품들을 저울 위에 올려놓았다. 저 정도의 양이면 얼마를 받게 되는 것일까. 이천 원 정도는 되지 않을까.

무게를 다 잰 사장님은 아까와 마찬가지로 숙련된 솜씨로 돈주머니를 뒤적거린 뒤 자신이 생각한 돈이 맞았는지 주머니에서 이를 꺼낸 뒤 할아버지께 건네주었다. 그런데 돈이 보이지 않았다. 무언가 손에 분명 건네어졌는데, 어디에도 돈은 보이지 않았던 것이다. 어떻든 무언가 건네진 거는 사실이었고, 할아버지 역시 아무렇지도 않은 듯 이를 스스럼없이 받아가셨다.

그런데 건네진 것은 오백 원짜리 동전 하나였다. 지폐가 아니니 돈이 보이지 않은 것인데, 최소한 이천 원 정도는 되지 않을까 하는 추측이 여지없이 무너지는 순간이었다. 하지만 놀란

　　　　　　　　　　　　　오백 원의 가치

것은 이 예상이 어긋나서가 아니라 오백 원 동전 때문이었다. '세상에! 저 고생을 하고 오백 원이라니!' 한동안 나 자신의 눈을 의심했고, 또 그러한 의심들이 이 열악한 현실을 곧바로 수긍하는 것을 방해하고 있었다.

우리는 평소 돈의 가치를 모르고 살고 있다. 특히 동전들에 대해서, 그리고 그 동전이 갖고 있는 가치에 대해서는 더더욱 그런 거 같다. 커피 한 잔과 담배 한 갑은 얼마인가. 뿐만 아니라 비싼 옷과 신발들, 곧 명품이라는 것들에 대해서는 또 어떤 생각들을 하면서 쉽게 지불하는 것일까. 재활용센터의 오백 원이 만들어지는 경로를 생각하면 이렇게 자연스럽게 지출되는 이런 행위들이 전연 다른 나라의 이야기처럼 들리기도 한다.

■ 중도일보, 2022년 5월 31일

책 향기와 서권기

연구실이 생긴 이후 수십 년의 세월이 흘렀다. 아침에 출근해서 연구실 문을 열게 되면, 책 향기가 물씬 다가옴을 느낀다. 그런데 동일한 것인 듯 보여도 이 냄새에는 분명 편차가 있다. 시간이 흐를수록 점점 고서 향에 가까운 향기가 짙게 묻어나는 까닭이다.

연륜이 많아진 것만큼이나 내가 읽어낸 책의 분량도 많아진 것일까. 이런 상황에 비유해서 우리 선인들은 서권기라는 말로 자신의 교양 수준을 가늠해보곤 했다. 다시 말해 세속과의 거리 측정인데, 서권기란 책을 많이 읽고 교양이 쌓여서 궁극에는 자신의 몸에서 풍기는 책의 기운으로 알려져왔다. 책 속에 묻혀 살게 되면, 이런 기운이 어느덧 자신에게 깃든다는 것이다.

유교 원리가 지배 담론이던 시절에는 책 향기를 맡고 서권기를 뽐내는 것을 최고의 덕목으로 간주했다. 어차피 현실과 부딪히는 일이 부담스러울 수밖에 없는 사회에서 자신의 교양을 고양시키는 것이 수신의 한 덕목으로 받아들여졌기 때문이다. 그렇기에 책과 더불어 사는 삶이란 늘상 관념적이고 현실추수적인 상태를 벗어나지 못한 것이 사실이다.

하지만 시민이 중심이 된 근대사회에 들어서는 이런 상태에 머무는 것이 이상적 삶이라고는 할 수 없을 것이다. 자기 목소리가 없는 삶, 혹은 그러한 사회란 궁극에는 책임 회피라든가 현실에 대한 긍정으로만 비춰질 수 있기 때문이다. 말하자면 실천이 없는 지식, 비판이 없는 지식이란 그저 하등 쓸모없다는 것이다.

그렇다고 해서 이 자기중심적인 지식, 수양 위주의 지식이 근대사회에서 불필요한 것이라고 단정짓는 것도 어려운 일이다. 그런 사례를 우리는 일제강점기에서 찾을 수 있다. 잘 알려진 것처럼, 일제 말기인 1930년대 후반은 암흑의 시절이었다. 소위 내선일체라는 구호에 우리말을 쓸 수 없었을 뿐만 아니라 우리의 고유한 습속 역시 보존할 수 없었다. 이런 현실에서 살아남는 방법은 크게 보면 두 가지이다. 하나는 이런 체제에 급속히 동화해 들어가 그들의 요구 조건을 모두 들어주는 것이다. 이런 삶을 우리는 친일파라고 불러왔다.

반면, 그 반대의 경우도 가능하다. 세속적 현실과 거리를 두고 자신을 이로부터 완벽히 고립시키는 경우이다. 여기서 세속과의 타협이란 전연 가능하지 않다. 이런 상태에서 필요한 것이 책 향기에 묻히는 것, 혹은 서권기적인 삶을 사는 것이다. 이런 삶의 자세가 세속으로 눈을 돌리지 않은 것은 당연한 일일 것이다.

1930년대 말 이 서권기를 몸소 실현한 사람이 가람 이병기이다. 그는 여러 향기에 묻혀 이 시기의 암울한 현장을 비켜간 시조시인이자 국문학자인데, 그가 맡은 향기란 크게 두 가지다. 하나는 난초 향이고 다른 하나는 책 향기이다. 난초란 그의 표현대로라면 미진(微塵)도 가까이하지 않고 우로(雨露)만 받고 산다. 그는 그 향기 속에서 세속을 잃어버리고 청산과 같은 삶 속으로 빠져들어갔다. 이후 두 번째 그의 행보는 책 향기 속으로의 여행이었다. 밝은 대낮에도 책을 읽었고, 어느 밤조차도 그는 조그만 촛불을 켜놓고 계속 책을 읽었다. 독서 중에 넘기는 종이마다 바람이 일었고 책 향기 역시 동일하게 흘러나왔다. 그는 그 향기 속에서 자신의 의식, 혹은 이성을 마비시켜간 것이다.

근대인들의 삶이란 어쩌면 이성에서 비롯된 것이라고 할 수 있다. 그 뿌리는 계몽이거니와 소위 인과론이 만들어진 것도 이와 밀접한 관련이 있다. 하지만 그 많은 가능성과 희망의 빛을 주었음에도 불구하고 근대는 어두운 그림자를 인류에게 또한 드리웠다. 이성이 과도하게 확장되면서 도구화되었기 때문이다. 그 이성이 만들어낸 것이 극단화된 우경화였고, 제국주의였다. 그리하여 이 부정성을 초월하기 위해 등장한 것이 이성에 대한 비판이었다. 이성은 본능이나 감각의 세계를 무디게 했고, 다른 한편으로는 인간을 세속으로 빠져들게 했다. 향기는 죽어 있는 감각을 일깨우고 본능을 부활시키는 매개이다. 가람 이병기가 책과 난초의 향기를 통해서 이성을 넘어 서권기를 완성하고자 한 의도도 여기에 있었다. 그는 이 서권기를 통해서 세속과 거리를 두면서 일제의 압력으로부터 벗어나고자 했다. 이 시기 그의 책 향기라든가 서권기가 아름다운 것은 이 때문이다.

■ 중도일보, 2022년 7월 19일

나눔으로서의 추석

이제 며칠 후면, 우리의 고유한 명절 가운데 하나인 추석이다. 추석이 언제부터 시작되었는지에 대해서는 지금까지 정확히 알려진 정설은 없다. 시대마다 가을 추수를 기념하여 이루어진 다양한 행사들이 모여서 현재의 추석이 된 것이 아닌가 하는 추측만이 있을 뿐이다. 하지만 그 기원이 언제부터인가를 굳이 알 필요도 없고, 또 알아야 할 이유도 없다. 그것이 갖고 있는 의미랄까 사회에 미치는 영향 정도만을 알면 그만이기 때문이다.

추석은 대개 몇 가지 의미로 우리에게 기억된다. 하나는 풍성한 수확에 대한 고마움과 이를 가능케 한 조상들의 음덕에 감사를 드리는 것이다. 가을에 이루어지는 이런 행사들은 세계 어느 나라에도 보편적으로 있는 듯하다. 가까운 중국의 경우도 그러하고, 또 미국의 추수감사절도 모두 이와 비슷한 성격을 갖고 있기 때문이다. 그리고 그것의 두 번째 의미는 나눔의 정신에 있다. 여기에는 두 가지 방향이 있었는데, 하나가 조상에 대한 음식 드리기, 곧 제사의 형식이고, 다른 하나는 이웃 간의 음식 나누기, 곧 공여의 형식이다.

하지만 조상이나 이웃 간의 음식 나누기는 추석 본래의 취지임에도 불구하고 이들 행사가 보편적으로 이루어졌다고 보기는 어렵다. 자기만의 끼니도 때우기 어려운 시절에 남을 돕는다는 것은 어불성설이기 때문이다. 이웃을 한끼나마 도울 수 있는 형편에 있는 사람들은 적어도 논 몇 마지기(옛날에는 논을 평이나 입방미터의 단위로 세기보다는 마지기를 사용했다)와 밭뙈기를 갖고 있는 이들이었다.

세 번째는 만남으로서의 추석이 갖는 의미이다. 실상 명절을 만남의 장으로 생각한 역사는 그리 오래되지 않았다. 적어도 산업사회가 되기 전에는 가족 간에 서로 헤어져 살아야 할 이유도, 근거도 없었기 때문이다. 하지만 산업화되고 도시화된 사회가 형성되면서, 다시 말해 공장 등이 생겨나면서 농촌 인구는 급격히 줄어들기 시작했다. 농촌 사람들이 도시로 몰려들면서 거대 도시가 생겨나고, 그 결과 이산 가족이라는 새로운 문화가 만들어졌다. 헤어진 가족이 잠시나마 하나의 가정 공동

체임을 확인하기 위한 만남의 계기가 필요해진 것은 이때부터 였다. 이런 요구에 응답한 것이 명절의 모임 문화였다.

만남의 장이 되었던 명절은 귀성이라는 새로운 풍속 또한 만들어내었다. 자가용 승용차가 없던 시절, 귀성 열차표를 마련하기 위해 새벽부터, 아니 전날부터 역사 주변에 노숙까지 해야 했다. 여기서 어렵사리 표를 구한 사람은 환호했지만 그렇지 못한 사람은 정가보다 몇 배나 더 비싼 돈을 주고 암표를 구해야 했다. 게다가 평소에는 상상할 수 없는, 도로의 정체를 경험하게 되는 것도 이때부터였다.

추석은 이렇듯 다양한 의미를 갖고 있었고, 그 자장 속에서 여러 문화가 만들어진 것이다. 하지만 이러한 문화 가운데 변하지 않는 것이 있다면, 그것은 나눔의 문화일 것이다. 미국에도 이런 문화가 있는데, 바로 할로윈데이가 그러하다. 이때 아이들은 이웃 상호 간에 과자 나누기 행사를 한다. 척박한 산업사회 속에서 이 조그만 과자를 주고받기 위해 그동안 꼭 닫혔던 현관문들이 자연스럽게 열리는 것이다. 열린 공간은 곧 소통의 장이 된다.

이는 우리의 경우도 예외가 아닐 것이다. 추석이 든 계절은 다른 어느 시기보다도 모든 것이 풍성한 것이 사실이다. 선진국의 문턱을 넘기 전에 우리 모두는 가난으로부터 자유롭지 못

　　　　　　　　　　　나눔으로서의 추석

했다. 그럼에도 내가 살던 고향의 어떤 백석꾼은 자신이 가진 것을 조금이나마 나누려고 애쓰곤 했다. 그가 이때 나누어준 성긴 보리쌀로나마 주린 배를 채울 수 있었다. 눈물겹게 고마웠던 그의 행위가 아직도 가슴 깊이 새겨 있는 것은 그 따뜻한 마음씨 때문이다. 어쩌면 이런 노블레스 오블리주들이 있었기에 그나마 사회가 건강하게 유지될 수 있었던 것은 아닐까.

사람이란 모두가 나쁜 것도 아니지만 그렇다고 모두가 좋은 것도 아니다. 하지만 극소수라도 따뜻한 마음씨의 소유자가 몇 명 있다면 그 사회는 유지될 수 있다. 선한 것들의 힘은 강하고 세다. 인간의 심성은 본디 선한 것인가 혹은 그렇지 않은 것인가 하는 오랜 논란이 있어왔다. 논란은 그저 논란에 불과할 뿐이다. 선한 사람, 사회적으로 건강한 사람은 분명 존재하고 있다는 것은 부인할 수 없는 사실이기 때문이다.

■ 중도일보, 2022년 9월 6일

인간의 배신

요즈음 반려동물을 기르는 가구가 늘어난다고 한다. 한 통계에 의하면, 약 30퍼센트의 가구가 강아지나 고양이 등의 반려동물을 키운다고 한다. 아마도 이 숫자는 점점 늘어나고 있고, 앞으로도 계속 그러할 것이다. 인구가 줄어들고, 한 가구당 구성원의 숫자가 적어지다 보니 그 빈 공간을 다른 것으로 채워보려는 심리가 반려동물과 함께하고자 하는 욕구로 표출된 것이 아닌가 한다.

반려동물과 함께하는 것은 단점보다는 장점이 더 많다고 한다. 그들과 함께 있으면 외로움이 반감하거니와 한 번이라도 더 웃을 일도 많아진다고 한다. 뿐만 아니라 치매 예방에도 좋은 효과가 있다고도 알려져 있다. 척박한 현실에서 웃을 수 있다는 것이야말로 정신 건강에 매우 좋은 일이 아닐 수 없다.

그런데 이런 장점에도 불구하고 이따금씩 반려동물을 대하는 태도에는 선뜻 납득되지 않는 경우들이 있다. 그중 하나가 동물을 물건처럼 취급하는 일이다. 이는 소유감과 분리하기 어려운데, 이런 의식을 갖게 되면 소위 반려동물의 자존감이랄까 자율성은 사라지게 된다. 하기사 자식조차도 자신의 소유물로 생각하고 함께 극단적인 선택을 하는 것을 보면, 동물에게 이런 태도를 보이는 것은 어쩌면 전혀 무리가 아닐 것이다. 하지만 경제권이나 양육권이 있다고 해서 자식이나 반려동물이 소유물이 될 수는 없을 것이다.

두 번째는 이런 소유욕이 어떤 극한에 도달할 때이다. 가끔 우리는 동물을 학대하거나 유기되는 모습들을 보도를 통해서 보게 된다. 소유하고 있다는 사실도 잘못된 것이지만, 그것이 확대되어 이들을 학대하거나 버리는 일이야말로 인간들만이 갖고 있는 이기주의의 극한적인 모습일 것이다.

얼마전 유기된 고양이와 마주한 적이 있다. 수업이 없는 날, 정신적 긴장 완화와 건강을 위해 가끔 앞산에 산책을 나간다. 하루는 횡단보도를 건너자마자 고양이 한 마리가 달려왔다. 다가와서는 고개를 내 다리에 비비는가 하면, 누워서 배를 드러내고 애교를 부린다. 고양이가 이렇게 애교 부리는 것을 처음 보았거니와 이 모습은 강아지와도 비교할 수 없는 것이었다.

평소 고양이를 별로 좋아하지 않았던 나는 이를 보고 이들에 대한 생각을 바꾸게 되었다. 어떻든 한때 인간의 사랑을 받았던 고양이는 이제 인간에게 버림받은 것이다. 그럼에도 고양이는 자신을 버린 인간이 그리워 이렇게 다가오고 있는 것이다.

이러한 일이 한두 번 반복되다 보니 그 고양이에 대한 애처로움이 생겨났다. 날씨는 추워지고 먹이는 제대로 먹었을까 하는 생각이 들기 시작한 것이다. 그래서 편의점에서 고양이 간식을 사서 들고 갔다. 고양이는 다시 나를 보고 달려왔고, 간식을 주니 맛있게 먹었다.

집에 말하니 고양이를 데려와 기르자고 한다. 반려견 두 마리가 있어서 좀 주저되긴 했지만, 그래도 데리고 오는 것이 순리라는 생각이 들기도 했다. 그래서 고양이가 항상 나오던 곳에 다시 갔다. "야옹아!" 하고 불렀다. 하지만 고양이는 나오지 않았다. 추워서 얼어 죽은 것일까. 아니면 굶주려 죽은 것일까. 이후 이 버려진 고양이를 만나지 못했다. 아마도 고양이는 어느 마지막 순간에 인간을 무척이나 원망했으리라.

근대사회가 시작된 이후, 정확하게 말하면 중세의 영원 사회가 무너진 이후, 인간은 끊임없이 자연을 지배하려 들었다. 그 목적은 물론 인간 자신의 한없는 욕심을 채우기 위해서였다. 그것이 인간과 자연의 이분화된 사회이다. 그러나 욕망에 물든

인간의 배신

인간이 이를 마음껏 채웠다고 해서 행복해진 것은 아니었다. 만약 그러했다면, 인간들은 유토피아를 그리워하는 일은 없었을 것이다. 그러지 못했기 때문에 계속 도래하지 않은 낙원을 소망하고 있는 것이 아닌가.

　인간이 유토피아를 상실한 것은 자연에 대한 배반에 그 원인이 있다. 배신은 오직 인간들만이 갖고 있는 고유 권한이다. 자연(고양이)은 인간을 결코 배신하지 않는다. 자신의 욕망이랄까 기대에 맞지 않으면 과감하게 떠나는 것이다. 유기 동물이 야생화되어서 인간에게 돌아오지 않는 것은 인간의 그러한 배신 행위를 익히 알고 있기 때문이다.

■ 중도일보, 2022년 12월 13일

쓴소리, 단소리 그리고 질투하는 소리

어느 집단이나 사회의 잘못된 점을 지적하는 말들이 있게 마련인데 이를 쓴소리라고 한다. 그러니 여기에는 분명 생산적인 면이 들어가 있다. 물론 그 반대의 경우도 있다. 단소리가 그것인데, 보통 아부하는 소리이다. 여기에는 부정적인 면이 들어가 있는 것이 일반적인데, 어느 국가나 왕조, 혹은 정권이 몰락하는 배경에는 이 소리가 늘 깃들어 있었다.

이런 소리와는 별도로 질투하는 소리도 있다. 질투의 사전적 의미로는 크게 두 가지가 있는데, 하나는 자신이 좋아하는 사람이 다른 사람을 좋아하는 것을 샘을 내고 미워하거나 싫어하는 것이고, 다른 하나는 어떤 사람이 잘되거나 자신보다 앞서서 좋은 위치에 있는 것을 시기하여, 미워하며 깎아내리는 것이다. 두 가지 모두 부정적으로 쓰이고 있는데, 그렇다고 해서

이 감정이 결코 나쁜 것만은 아니다. 그것이 생산과 연결될 수 있는데, 만약 어떤 사람이 질투를 느끼고, 이를 넘어서고자 스스로를 채찍질한다면, 그것은 분명 긍정적인 면을 갖고 있다고 하겠다. 하지만 질투가 이렇게 생산적인 것과 연결되는 일은 극히 드물다.

우리 속담에 "사촌이 땅을 사면 배가 아프다"는 말이 있다. 우리 주변에는 이런 정서가 만연해 있고, 그것이 이 사회를 좀먹는 매개로 기능하고 있다는 점에서 문제의 심각성이 있다.

이와 관련된 아주 오래전의 일화가 있다. 하숙하던 시절의 일인데, 언젠가 주인집의 가족이 일본에서 왔고, 함께 밥을 먹은 적이 있다. 그런데 이들은 한국인이면서 대화를 할 때면 일본 말을 하곤 했다. 소박한 민족주의 탓인지 적지 않은 불쾌감이 일었다. 그래서 한마디 던졌다. 한국인이면서 왜 일본 말로 대화를 하느냐, 듣기 싫다고 했다. 그랬더니 그들은 바로 미안하다고 사과하면서 몇 마디를 덧붙였다. "이런 말을 안 하려고 했는데, 좀 해야겠습니다. 일본에서는 특정 분야에서 누가 잘나가면, 더 잘 하라고 격려해준다. 그런데 한국에서는 그런 일이 없다. 어떤 사람이 잘되거나 자신보다 앞서서 좋은 위치에 가게 되면 뒤에서 욕하고 깎아내리려 한다. 질투를 한다는 것이다. 뿐만 아니라 우리가 김포 공항에서 내려 택시를 타고자 하면, 택시 기사가 우선 짐부터 본다. 짐이 많으면 그냥 휙 가 버린다. 일본에서는 안 그런다. 짐이 많으면 기사가 얼른 내려 트렁크부터 연다"는 것이다. 그때만 해도 해외 여행이 자유화 된 시절이 아니었기에 일본 사회가 그런지 어떤지는 알 수 없 었다. 다만 우리 사회에 만연된 질투와 불친절은 분명 이해하 고 있었기에 이에 대한 반박은 하지 못하고 입을 다문 적이 있 었다.

일본에는 노벨상을 받은 사람이 20여 명이 넘는다고 한다. 우리는 어떠한가. 김대중 대통령의 평화상이 전부이다. 남한의 인구가 일본의 3분의 1 정도 되니 적어도 7명 이상의 노벨상 수 상자가 나와야 하는 것 아닌가. 혹자는 우리나라가 노벨상에서 소외될 수밖에 없는 이유 가운데 하나를 군사문화의 유산에서 찾고 있다. 가령, 3년의 프로젝트를 주었으면, 결과물이 반드시 이 기간 안에 나와야 하는 인과론적 구조에서 찾고 있는 것이 다. 반면 일본의 경우는 결과물이 나올 때까지 시간의 구애 없 이 계속 지원한다고 한다. 그러한 차이가 노벨상의 숫자를 결 정지었다고 보는 것인데, 틀린 이야기는 아닐 것이다.

그런데 이보다 더 중요한 것이 어쩌면 우리 사회의 뿌리 깊 은 질투 문화에 있는 것이 아닌가 한다. 우리는 주변의 누군가

쓴소리, 단소리 그리고 질투하는 소리

가 잘 되는 모습을 긍정적으로 보려 들지 않는다. 잘 나가는 사람이 있다면 나로부터, 아니 주변의 모두로부터 그는 미움을 받고 깎아내려져야 하는 주체로 바뀐다. 공부 열심히 하는 학자는 주변의 동료로부터 경계의 대상이 될 뿐 공존해야 할 존재로 남아 있지 못한다. 게다가 나보다 훌륭한 사람이나 학자가 내 직장의 동료가 되는 일은 용납되지 않는다. 내 앞에 누가 있다는 것이 가당치 않은 일이기 때문이다. 좋은 어른이나 훌륭한 학자는 스스로의 노력에 의해서도 만들어지지만 주변 사람들의 칭찬과 인정 속에서 성장하는 측면도 큰 것이 사실이다. 이제 험담이 아니라 칭찬을, 미움이 아니라 사랑을 하자.

■ 중도일보, 2023년 5월 16일

문화재가 된 육사와 동주의 친필 원고

2017년 5월 1일부터 2018년 4월 30일까지 문화재청 근대 문화재 분과위원을 했다. 내가 왜 갑자기 위원이 되었는지 모른다. 나중에 들으니 문화재청 직원이 인터넷 검색을 통해 마땅한 사람으로 판단하고 선정했다고 한다. 이때는 박근혜 정권 말기였고, 청장은 나선화 선생이었다.

탄핵 이후 새로운 정권이 들어섰고, 이 정권이 의욕적으로 추구해나간 것 가운데 하나가 과거 독립운동에 참여했던 문인들의 친필 원고를 등록문화재로 올리는 일이었다. 잘 알려진 것처럼, 오랜 일제강점기의 시간 동안 절개를 지키며 모국어에 대한 신의와 독립운동의 현장에 뛰어든 문인들은 손꼽을 정도로 적은 것이 사실이다. 거대한 권력 앞에 한 개인이 이에 맞서는 일은 결코 쉽지 않은 까닭이다. 게다가 문인이란 또 얼마나 나약한 존재들인가.

어떻든 몇 번의 예비 조사를 거쳐서 윤동주와 이육사의 친필 원고가 등록 대상으로 선정되었고, 이들 원고에 대한 나머지 작업이 추진되었다. 지금도 그러하지만 문인들의 친필 원고가 온전히 남아 있을 확률이란 결코 높지 않다. 그것의 존재 여부는 출판 문화와 밀접한 관련을 맺고 있는데, 과거의 책들은 일단 원고가 들어오면, 조판에 들어가고, 그것을 가지고 교정 작업이 이루어졌다. 저자로서의 교정 작업은 조판 결과물과 친필 원고가 함께 보내지고, 저자는 이를 토대로 교정 작업을 하게 된다. 하지만 교정이 끝나면 대부분의 원고는 휴지통에 버려진다.

그런데 시 작품의 경우는 더더욱 이런 가능성조차 차단되었다. 서정시의 짧은 형식과 더불어 글자 수가 몇 자 안 되다 보니 조판 작업이 끝나면 저자에게로 안 보내지고 곧장 출판사에서 교정 작업이 이루졌다. 그리고 이 과정이 끝난 이후 원고는 곧바로 휴지통에 버려졌다. 그러니 무슨 원고가 남아 있겠는가.

하지만 이런 열악한 조건에도 불구하고 윤동주의 친필 원고는 대부분 남아 있었다. 그 원고가 남아 있었다는 것은 그가 시인으로서 아직 유명하지 않았다는 것과 깊은 관련이 있다. 윤동주는 생전에 작품 활동을 거의 하지 않았거니와 이를 토대로 시집 또한 출판하지 않았다. 그러니 출판사에서 자신의 원고가 폐기될 일이 없었다. 모두가 자신이 간직하고 있었던 것이다. 다만, 『하늘과 별과 바람과 시』라는 제목으로 윤동주는 생전에 시집 출판을 하려고 시도한 적은 있었다. 하지만 조선어의 금지와 민족혼에 대한 말살 정책이 엄격히 시행되고 있던 시기에 민족혼을 담은 그의 시들이 출판된다면, 그의 안위가 보장되기 어려웠을 개연성이 큰 경우였다. 이를 걱정한 그의 스승 이양하가 시집 출판을 만류했고, 출판은 보류되었다.

　윤동주는 시집 출판을 하기 위해 자신이 직접 골라 뽑은 작품들을 필사하여 세 권으로 만들었다고 한다. 하나는 자신이 갖고, 다른 하나는 스승인 이양하에게 맡기고, 마지막 남은 하나는 그의 동료였던 정병욱에게 보관을 부탁했다고 한다. 하지만 윤동주 자신이 갖고 있던 것은 그가 죽으면서 없어졌고, 스승에게 맡겼던 원고 또한 사라져버렸다. 유일하게 남아 있던 것이 정병욱이 갖고 있었던 원고이다. 다행히 그것이 해방 직후 출판되어 윤동주는 일제 말기의 지성사를 대변하는 시인, 저항시인으로 우뚝 설 수 있게 된 것이다.

　정병욱이 갖고 있던 원고와 더불어 윤동주 가족이 갖고 있었던 나머지 원고들은 고스란히 보존되어 현재까지 이어지고 있거니와 그의 유족들은 이 모두를 연세대학교 도서관에 기증한 바 있다.

　윤동주의 원고를 보러 가는 순간이 다가왔다. 연세대 직원이 보자기에 싸인 그의 원고를 펼치는 순간을 결코 잊을 수가 없다. 황홀경 그 자체였다. 갑자기 그의 원고 앞에 자연스럽게 고개가 숙여졌거니와 그 원고를 매개로 그의 숨결이 나의 가슴에 따스하게 다가오는 듯 느껴졌다.

운동주의 원고를 확인한 이후 문화재 위원들은 이육사의 육필 원고를 찾아서 경북 안동의 이육사 문학관으로 이동했다. 이육사의 원고를 보는 것 또한 운동주의 그것을 보는 것과 동일한 감흥을 주었다. 하지만 이육사의 친필 원고는 남아 있는 것이 거의 없었다. 이는 그가 살아생전에 시인이었다는 사실, 그리하여 그의 원고들은 출판 문화의 메커니즘 속에 갇혀 있었다는 사실 때문이었다. 자신이 쓴 원고가 출판사에 맡겨지고 조판이 된 다음 휴지통으로 들어가는 출판 절차를 피할 수 없었던 것이다. 하지만 그의 원고가 남아 있지 않게 된 이유는 또 있다. 그가 투철한 독립운동가였다는 사실이다. 근대 문인치고 이육사만큼 독립운동에 투철했던 시인이 있었을까. 아니 문인을 넘어 모든 독립운동가를 통틀어도 이육사만큼 독립운동에 처절하게 몸담은 사람도 없었을 것이다. 그의 삶 자체가 투사적인 것이었고, 투옥과 석방을 밥 먹듯이 한 것이 그의 일생이었다. 운동주가 후쿠오카 감옥에서 알 수 없는 주사를 맞고 순국했다면, 이육사는 북경 감옥에서 비슷한 운명을 맞이했다.

독립운동가로서의 삶을 살았던, 한가한 삶이 한순간도 주어지지 않았던 그에게 원고를 돌아볼 시간이 있었을까.

이육사는 문학을 무척이나 사랑한 사람이다. 독립운동이라는 급박한 순간에도 이육사의 손에는 시가 늘상 손에 쥐여 있었기 때문이다. "청포 입은 사람을 고대하며" "조국의 선지자"를 그리며 그는 시림(詩林) 속에 갇혀 있었다. 그러한 열정이 바쁜 삶 속에서도 『육사시집』이라는 아름다운 서정시를 만들어냈을 것이다.

그러한 육사를 머릿속에 그리며 문학관에 갔다. 그런데 여기에는 뜻밖에 반가운 사람이 있었다. 육사의 딸 이옥비(李沃非) 여사이다. 딸이 기억하는 아버지의 모습은 북경 감옥으로 이송되면서 남긴 "아빠 잘 갔다 올게"라는 한마디 인사뿐이라고 한다. 여사의 나이 4세였다. 그리고 육사는 얼마 후 북경 감옥에서 순국했다. 아버지와 딸의 만남은 더 이상 이루어지지 못한 것이다.

이옥비 여사가 내놓은 육사의 친필 원고는 글이 쓰여진 엽서 몇 개와 편지 봉투, 그리고 「편복」이라는 시가 전부였다. 문학 작품으로서는 「편복」이 처음이자 마지막일 것이다. 그러니 이 작품이 더욱 귀할 수밖에 없지 않은가. 「편복」은 이런 내용으로 되어 있다.

광명(光明)을 배반(背反)한 아득한 동굴(洞窟)에서

다 썩은 들보와 무너진 성채(城砦) 위 너 홀로 돌아다니는

가엾은 박쥐여! 어둠에 왕자(王者)여!

쥐는 너를 버리고 부자집 고(庫)간으로 도망했고

대붕(大鵬)도 북해(北海)로 날아간 지 이미 오래거늘

검은 세기(世紀)에 상장(喪裝)이 갈갈이 찢어질 긴 동안

비둘기같은 사랑을 한 번도 속삭여 보지도 못한

가엾은 박쥐여! 고독(孤獨)한 유령(幽靈)이여!

앵무와 함께 종알대어 보지도 못하고

딱따구리처럼 고목(古木)을 쪼아 울리도 못 하거니

만호보다 노란 눈깔은 유전(遺傳)을 원망한들 무엇하랴

서러운 주교(呪交)일사 못 외일 고민(苦悶)의 이빨을 갈며

종족(種族)과 홰를 잃어도 갈 곳조차 없는

가엾은 박쥐여! 영원(永遠)한 「보헤미안」의 넋이여!

제 정열(情熱)에 못 이겨 타서 죽는 불사조(不死鳥)는 아닐망정

공산(空山) 잠긴 달에 울어 새는 두견(杜鵑)새 흘리는 피는

그래도 사람의 심금(心琴)을 흔들어 눈물을 짜내지 않는가!

날카로운 발톱이 암사슴의 연한 간(肝)을 노려도봤을

너의 머-ㄴ 조선(祖先)의 영화(榮華)롭던 한시절 역사(歷史)도
이제는 「아이누」의 가계(家系)와도 같이 서러워라!
가엾은 박쥐여! 멸망(滅亡)하는 겨레여!

운명(運命)의 제단(祭壇)에 가늘게 타는 향(香)불마자 꺼졌거든
그많은 새즘승에 빌붓칠 애교(愛嬌)라도 가졌단말가?
호금조(胡琴鳥)처럼 고흔 뺨을 채롱에 팔지도 못하는 너는
한토막 꿈조차 못꾸고 다시 동굴(洞窟)로 도라가거니
가엾은 박쥐여! 검은 화석(化石)의 요정(妖精)이여!

　편복이란 박쥐의 한자 이름이다. 이육사는 박쥐를 통해 자신의 처지를, 소회를 표출시켰다. 이런 정서는 실상 『육사시집』에 실린 대부분의 작품 경향들과는 차이가 있다. 육사의 시들은 남성적인 톤으로 미래에 대한 자신감을 피력한 것이 대부분이기 때문이다. 센티멘털한 감수성으로 쓰여진 것은 거의 없다고 해도 과언이 아니다. 하지만 이 시는 예외적으로 감상이 지배하고 있기에 육사 시의 경로와는 다른 길을 걷고 있다.
　센티멘털한 정서에 휩싸여 있다고 해서 그 작품의 가치가 떨어지는 것은 아니다. 이 감수성이 고귀한 영역으로 승화되는 경우도 있기 때문이다. 서정적 자아가 숭고한 길을 가고 있을

때, 곧 혁명가의 길이다. 혁명가에게 고독은 상존하는 정서이다. 고독이 없는 혁명이란 불가능한 까닭이다. 어둠 속에 갇혀 있는 박쥐를 통해 자신의 처지를 뒤돌아보는 모습이야말로 이육사의 또 다른 내면을 볼 수 있다는 점에서 매우 소중하지 않은가.

친필 원고는 작가의 숨결을 느낄 수 있기에 소중하다. 그러한 원고를 통해서 우리는 작가가 살았던 시대정신을 이해하고, 그러한 정신을 지금 이곳의 삶에 대한 반추로 수용할 수 있어야 한다. 이육사와 윤동주의 친필 원고가 등록문화재로 된다는 것은 처절했던 그들의 삶이 오늘 우리들의 얼로 다시금 환기된다는 뜻과 같은 것이다.

2부

백마강의 꿈

역사는 기억한다

역사가 기억하는 것들, 소위 청사(靑史)에 남는 것들이란 무엇일까. 당연한 이야기이지만 악보다는 선을, 자신의 이익보다는 타자의 이익을, 힘센 자보다는 약한 자들을 위해 살아간 사람들, 곧 대의(大義)를 위해서 살아간 사람들을 역사는 기억하고 또 이들을 찬양할 것이다. 비단 이러한 일들은 보편의 차원에서만 이루어지는 것은 아니다. 현재의 삶의 공간을 만들어준 이들도 좋은 실존의 환경을 마련해준 것에 대해 마찬가지의 찬양을 받기 때문이다.

지금 우리 사회는 진영 논리에서 비롯된 분열의 시대에 놓여 있거니와 더 나아가 분단의 시대에 살고 있다. 전자는 그 양상이 점점 심화되고 있는 반면, 후자는 우리들의 기억에서 서서히 잊혀가고 있다. 한때 분단의 극복이니 통일의 시대니 하는 담론들이 우리 사회에 유행처럼 번져 나간 적이 있다. 그리하여 그것이 시대의 당면 과제로 받아들여지면서 조만간 하나의 민족으로 거듭 태어날 수 있다는 기대감을 갖게 만들었다. 하지만 그것은 단지 한때의 유행에 그친 감이 없지 않고, 이제는 대중들의 기억에서조차 잊혀가고 있다.

이런 상황은 미국의 경우와 좋은 대비가 된다. 예전에 미국의 수도 워싱턴에 간 적이 있다. 역사 도시답게 독립선언서가 낭독된 자리라든가 초대 대통령이 취임한 곳이 잘 보존되어 있음을 볼 수 있었다. 뿐만 아니라 과거의 역사적 인물들, 가령 남북 전쟁을 승리로 이끈 링컨이나 독립선언서를 기초한 토머스 제퍼슨의 기념관 등등이 곳곳에 세워져 있었다. 그 가운데 미국 사람들이 가장 많이 모이는 곳은 링컨기념관이다. 16대 대통령에 오른 링컨의 업적은 대단히 많다. 민주주의를 향한 유명한 게티스버그의 연설이라든가 노예 해방, 남북전쟁에서의 승리 등등이 그 본보기들이다. 그런데 이 가운데 미국인들이 가장 주목하는 것은 그가 연방파였다는 것, 그리고 이를 바탕으로 남북전쟁에서 승리했다는 점이다.

역사란 승자의 기록이라고는 하지만, 미국인들이 링컨에게서 들은 것은 승자의 나팔 소리만이 아니었다. 그는 연방을 지지했고, 이를 위해 노력했으며 궁극에는 이를 지켜냈다는 사실이다. 이는 곧 지금의 미합중국을 만든 토대가 되었는데, 만약 링컨의 연방파가 비연방파에 패했다면, 현재의 팍스 아메리카나(大美國, Pax Americana)는 존재하지 않았을 것이다. 그러니까지금 전 세계의 경찰 국가를 자처하는 미국, 세계 최강의 미국이란 존재하지 않았을 것이라는 점이다. 그것이 자신들만의 이기주의에 빠져서 미국의 분열을 조장했던 남부의 인사들, 특히분열파인 남부의 초대 대통령인 제퍼슨 데이비스 등을 아무도기억하지 않는 이유이다.

지금 우리 사회는 수많은 문제점을 안고 있다. 저출산으로인해 민족 소멸 단계의 초입에 서 있기도 하고, 극심한 진영 논리로 우리 국민은 이리저리 갈라져 있다. 표를 많이 얻기 위해서는 훌륭한 정책 등이 아니라 감정이 실린 진영 논리만큼 좋은수단도 없을 것이다. 이 시대에 그것처럼 손쉬운 득표 활동이있을까. 합리적으로 생각하지 않는 사람들은 이에 쉽게 휘말려들어가는 까닭이다. 이로 인해 남북뿐만 아니라 남쪽 내부도 분열될 위기에 처해 있는 것이 우리의 현 상황이다.

언제가 한반도는 통일이라는 대업의 시대를 분명 맞이할 것이다. 202×년, 20××년, 2×××년이 될 터인데, 만약 그 시대가도래한다면 2×××년을 살아가는 사람들은 지금 이 시대의 우리를 어떻게 기억하고 평가할 것인가.

역사는 기억한다

통일은 팍스 코리아나, 곧 대한국(大韓國)의 시대가 되는 것임은 의심의 여지가 없다. 그들은 진영 논리를 전파시키며 국민을 갈라치고 증오의 정서를 전파한 사람들을 기억할 것인가, 아니면 국민들의 갈등을 봉합시키고 팍스 코리아나의 초석을 세운 사람들에 가치를 둘 것인가. 2×××년의 사람들은 말할 것이다. 분단을 막고 통일 정부를 위해 애쓴 백범 김구를, 분단을 넘기 위해 햇볕정책을 신념으로 펼쳐나간 김대중 대통령을 기억할 것이다. 뿐만 아니라 평화를 위해 노구의 몸을 이끌고 소떼 수백 마리를 데리고 북으로 간 정주영 현대 회장도 알 것이다. 그리고 갈등보다는 평화를, 분열보다는 통합을, 복수보다는 용서를 위해 살다 간 이 시대 대다수의 사람들을 그들은 역사 영웅으로 또한 기억할 것이다.

■ 중도일보, 2023년 10월 31일

〈꿈꾸는 백마강〉과 충청대망론

　　〈꿈꾸는 백마강〉을 작사한 조영출은 1913년 충남 아산의 탕정 출신이다. 그의 본명은 영출(靈出)이고 필명은 조명암(趙鳴岩)이다. 그가 이름을 지은 것은 자신의 고향 뒷산이 영인산(靈仁山)이고 그곳 출신임을 강조하기 위해서라고 한다. 그는 일제강점기 민족 의식이 누구보다도 투철했던 시인이다. 우선, 자신의 본명을 영출이라고 한 데서 알 수 있는 것처럼, 그는 고향에 대한 애착이 매우 강한 시인이었기 때문이다. 이 시기 고향에 대한 정서가 생리적인 차원에서만 그치는 것이 아닌데, 이는 그 너머의 보다 큰 세상과 불가피하게 연결될 수밖에 없었고, 결국 국가에 대한 간절한 애정의 또 다른 표현으로 받아들여졌다.

　　조영출이 이렇게 강렬한 민족 의식을 가질 수밖에 없었던 데에는 또 다른 이유가 하나 더 있다. 바로 금강산 건봉사의 학승 출신이라는 점 때문이다. 이 사찰이 만해 한용운과 밀접한 관련이 있었기에 그는 만해로부터 많은 영향을 받게 된 것이다. 보성고보를 들어갈 때도 만해의 추천이 있었다. 만해야말로 이 시기 최고의 민족주의자가 아니었던가. 그는 이런 과정을 거치면서 고향과 민족에 대한 사랑을 키워나가게 된다.

초기 조영출의 시세계는 신인답게 여러 다양한 경향을 갖고 있었다. 하지만 그 가운데 무엇보다 주목을 끌었던 것은 민족 모순에 기반한 시들이었다. 가령,「이 동굴 안을 거니는 자여— 경주 석굴암」에서 보이는 민족 의식이 그러하고, 암울한 현실을 딛고 일어서고자 하는 의지를 드러낸「동방의 태양을 쏘라」와 같은 시들이 그러하다.

하지만 그의 시작 행위는 1930년대 중반에 이르러 새로운 단계를 맞이하게 된다. 흔히 대중 가요로 알려진 가요시에 대해 관심을 가지고 이에 대한 창작으로 매진했기 때문이다. 그가 처음 가요시를 쓴 것은 1934년이고, 곡명은 〈서울 노래〉였다. 그는 이 가요시를 음반으로 만들고자 했지만 성공하지 못했다. 검열에 걸렸기 때문이다. 그렇다고 성과가 전혀 없었던 것은 아니었다. 민족이 처한 어려운 현실을 더욱 알게 되었고, 그러한 현실을 대중에게 직접 호소할 수 있는 일이 어떤 것인지 고

민하게 되었으며, 그 과정에서 서정시보다 노래체의 가요시가 갖고 있는 감응력의 힘을 아는 계기가 되었기 때문이다.

　이 사건을 계기로 조영출은 본격적으로 가요시 창작에 나서게 된다. 이때 그는 우리에게 너무나 잘 알려진 〈꿈꾸는 백마강〉, 〈선창〉, 〈알뜰한 당신〉 등을 연달아 발표하게 된다. 이 가운데 무엇보다 주목되는 가요시가 1940년에 나온 〈꿈꾸는 백마강〉이다. 점점 조선적인 것들이 사라져가는 현실에서 백제 멸망의 역사를 담고 있는 이 노래를 발표하는 일에는 분명 커다란 용기가 필요했을 것이다. 가요가 발표되자 대중의 반응은 뜨거웠다. 그러니 일제가 이를 그냥 놔뒀을 리가 없었다. 〈꿈꾸는 백마강〉의 가사는 이러하다. "백마강 달밤에 물새가 울어/잊어버린 옛날이 애달프구나/저어라 사공아 일엽편주 두둥실/낙화암 그늘에서 울어나 보자//고란사 종소리 사무치면은/구곡간장 올올이 찢어지는 듯/누구라 알리요 백마강 탄식을/깨어진 달빛만 옛날 같으리". 일제강점기 백제 멸망의 역사란 곧 조국 멸망의 역사를 환기하는 일이다. 일제는 백제의 슬픈 역사가, 조선의 왜곡된 역사로 이어지는 것이 두려웠던 것이고, 이는 결국 금지곡이라는 결과를 낳고 만다.

　해방은 되었고, 강요된 현실에서 그는 북으로 갔다. 월북한 사람이 작사한 노래가 남쪽에서 애창되는 것이 불편했을 터,

　　　　　　　　〈꿈꾸는 백마강〉과 충청대망론

〈꿈꾸는 백마강〉은 또다시 금지곡이 되고 만다. 이 노래는 남북의 관계가 해빙되면서 그 어두운 굴레에서 벗어나게 된다. 세상은 바뀌었지만 이 노래가 담고 있는 여파는 여전히 남아 있다. 일제강점기에는 역사가 서러워서 불려졌지만, 이후에는 옛 영광과 회한이 그립고 안타까워 논산의 아버지가, 그리고 예산의 옛 연인의 어머니가 즐겨 불렀기 때문이다.

굴곡진 이 노래만큼이나 충청인들에게는 아픔이 서려 있다. 현실에는 충청대망론이라는 것이 있어왔다. 실체가 무엇인지 모르지만 충청대망론에 기댄 대선 주자들이 허무하게 무너질 때마다 〈꿈꾸는 백마강〉이 환기되는 것은 무슨 이유 때문일까. "구곡간장 올올이 찢어지는 아픔"을, "이 백마강의 탄식"을 누군가는 알고 있는 것인가.

■ 중도일보, 2023년 12월 26일

세뇌된 영웅들

　　인간은 태어나면서부터 알게 모르게 세뇌를 받는다. 어느 한쪽의 사고로 치우치는 것이 세뇌인데, 그것이 사전적으로는 이렇게 정의되어 있다. "어떤 사상이나 주의, 신념 등을 머릿속에 주입하거나 또는 받아들이도록 설득하여, 본래 가지고 있던 생각이나 행동을 개조함"이 세뇌라는 것이다.

　우리 사회에서 흔히 볼 수 있는 세뇌의 유형들은 다음과 같은 군상들이다. 지금까지 다른 당에 대해서 단 한 번도 투표하지 않은 사람, 다른 사람의 입장에 결코 서 있지 않았던 사람, 비판력을 상실한 사람 등등이다. 이 가운데 가장 문제되는 경우가 "비판력을 상실한 사람"일 것이다. 이런 사람은 자신이 옹호하고 지지하는 사람이나 집단에 대해 거의 맹목적으로 편향된 사고를 보인다. 비판력을 상실했으니 현재 자신이 떠받치고 있는 사람이나 집단이 크나큰 잘못을 하더라도 어떡하든 합리화시키려 든다. "현재 A라는 사람이 부족해도 과거의 B보다는 낫다"식으로 호인(護人)하는 것이다.

얼마 전 정치인들에 대한 폭력, 곧 테러가 벌건 백주에 일어났다. 세계에서 가장 안전한 나라라고 인식되는 우리 사회에서 반평화적인 테러 행위가 자행된 것이다. 그런데 이런 테러는 객관성이 결여된, 주관에 함몰된 자의 "스스로 영웅 되기"가 빚어낸 비극이라는 점을 주목할 필요가 있다.

어느 한쪽으로의 편향된 사고를 갖는다는 점에서 세뇌는 흔히 부정적인 것으로 받아들여지지만, 그렇다고 해서 세뇌가 모두 긍정의 범위를 벗어나 있는 것은 아니다. 종교의 경우가 그러한데, 배타성이 없는 종교란 성립하기 어렵기 때문이다.

반만 년에 걸친 아름다운 역사를 갖고 있는 나라, 동방예의지국이라고 알려진 이 나라에서 왜 이런 비극적인 일이 벌어지는 것일까. 테러리스트의 탄생은 어느 순간 갑자기 이루어지는 게 아니라 대개 몇 단계를 거쳐서 만들어진다. 첫째가 '스스로 세뇌하기'의 과정이다. 우리 사회는 지난 몇십 년 동안 편향된 교육, 곧 세뇌를 강요당했다. 전쟁을 거치면서 만들어진 좌우논리는 그 대표적인 사례이다. 자신의 취향이나 경제적 기반 등이 여기에 동반하면서 이에 동조하는 사유나 사건들만이 수

용되는데, '스스로 세뇌하기'란 이런 과정을 통해서 탄생한다.

　'스스로 세뇌하기'의 과정이 끝나게 되면, 이제 '세뇌시키기'의 단계로 넘어가게 된다. 세뇌된 '내가' 절대적으로 옳으니 상대방 또한 자신의 입장이나 견해에 따라야 한다는 논리이다. 이 정서를 뒷받침하고 있는 것이 자신이 할 수 있는, 아니 해야만 하는 사회에 대한 의무감, 당위감이다. 그래서 자신에게 들어온 정보, 혹은 스스로가 찾아낸 정보들에 대해 타인에게 '퍼나르기'를 시도한다. 자신의 휴대폰에 있는 타인의 메일이나 카톡방 등에 스스로 옳다고 믿는, 아니 믿어야 한다고 생각하는 정보들을 계속 올려댄다. 물론 이런 정보들에 어떤 객관성이나 합리성이 담보되어 있는 경우는 거의 없다.

　이러한 과정이 끝나게 되면, 이제 '스스로 영웅 되기'라는 마지막 단계에 이르게 된다. 자신의 관점에서 보면, 세상은 온갖 부조리로 가득 차 있고, 그런 한계 상황을 구해낼 만한 어떠한 힘도 없는 것처럼 느끼게 된다. 그래서 자신이 나서지 않으면 안 되는 상황에 이르렀다고 오판하게 된다. 객관성을 상실한 '스스로 영웅 되기'에 올라서게 되는 것이다.

　'스스로 영웅 된 사람'은 세뇌의 정점에 이른 자이다. 그런데 문제는 이런 그릇된 영웅 의식에 물든 자가 자신은 결코 세뇌되지 않았다고 생각하고 있다는 점이다. 그러면서 자신의 사유에 동조하지 않는 사람들을 오히려 세뇌되었다고 역으로 비판한다. 뿐만 아니라 가끔 TV에서 나오는 북쪽 사회의 편향된 사고들과 그 일사불란한 모습들에 대해 탄식하기도 한다.

북쪽은 정보가 차단되어 있으니 하나의 단선적인 생각만을 할 수밖에 없고, 그래서 하나된 광기(狂氣)가 나오는 것이라고 이해하는 것이다. 그렇다면 여러 다양한 정보를 쉽게 마주할 수 있는, 지금 이곳의 세뇌된 사람들의 광기는 어떻게 볼 것인가. 정보가 부재한 상황에서 오는 광기와 다양한 정보에 노출되어서 오는 광기 가운데 어느 것이 더 우매하고 잘못된 것인가.

■ 중도일보, 2024년 3월 12일

포스트모던 시대의 정치

        요즘을 포스트모던 시대라고 하면 좀 식상한 느낌이 든다. 이 사조가 유행하던 것이 1980년대 말 전후였기 때문이다. 그리고 이 사조의 기원을 더듬어 들어가게 되면, 1950년대 후반부터 시작되었다고 보는 것이 일반적이다. 포스트모던이란 모던 이후의 시대이다. 서구의 정신사는 프리모던(pre-modern), 모던(modern), 포스트모던(post-modern)으로 구분되고, 그 기점은 산업혁명 이전과 이후, 그리고 후기 자본주의이다. 경제적 구조가 그 근거가 되는 것인데, 포스트모던의 핵심은 다국적 기업의 등장이다. 그러니까 기업이 어느 특정 국가에 한정되지 않고, 전 세계적인 기업으로 포진된 것이 포스트모던의 뿌리인 것이다.

    다국적 기업의 등장에서 알 수 있는 것처럼, 포스트모던 사회는 구분이라든가 경계가 존재하지 않는다. 뉴욕주립대 영문학자인 피들러(L. Fiedler)는 "경계를 넘어서 간극을 좁히라"라는 구호로 이 정신을 설명한 바 있다. 삼성이 우리 고유의 기업이 아니라 여러 국가에 걸쳐 있는 기업, 곧 다국적 형태인 것, 그것이 포스트모던의 실체인 것이다.

그런데 포스트모던은 기업 문화에 한정되지 않고 문화를 비롯한 사회의 여러 면으로 확산되어 나타났다. 그리하여 그동안 중심에 있는 것들이 주변으로 물러나는가 하면, 주변적인 것이 중심으로 복귀하는 현상이 빚어졌다. 뿐만 아니라 고급 문화와 저급 문화가 자리바꿈을 한다든지 혹은 그 경계가 모호해지면서 제3의 다른 형태들의 문화가 등장하기도 했다.

경계를 넘는 현상들은 예술 분야에서 특히 두드러지게 나타났는데, 문학과 미술, 혹은 음악과의 만남이라든가 미술과 음악과의 만남 등등으로 구현되었다. 건축에서도 이런 현상들은 예외가 아니었다. 판에 박힌 건축이 아니라 정형을 거부하는 건축들, 새로운 형식의 건축들이 계속 나타나고 있다. 영화도 마찬가지이다. 가령, 전통적인 무협영화에 공상과학이 결합함으로써, 이전과는 전연 다른 형태의 영화가 등장하기도 한 것이다. 〈동방불패〉라든가 〈백발마녀전〉 등의 영화가 그러했다.

이렇듯 포스트모던의 시대는 지금까지 고정화된 여러 관념들을 부정하고 새로운 형태의 문화나 질서를 만들어왔다. 이를 두고 카오스의 시대라고 말하는 경우도 있고, 또 새로운 코스모스로 나아가기 위한 중간 단계쯤으로 이해되기도 했다.

이런 열린 개방성은 정치적 세계로도 편입되었다. 그리하여 기왕의 정치 체계들 역시 새롭게 재편되기에 이르렀다. 미국과 소련 중심의 전통적인 양극 체제가 무너지기도 하고 자본주의라든가 사회주의와 같은 거대 서사도 힘을 잃게 되었다. 이 모든 것이 경계를 넘고 간극을 좁히고자 한 포스트모던 정신의 에네르기가 이루어낸 결과이다.

그런데 한국 사회는, 아니 한국의 정치 현실은 이런 시대적 조류와는 반대되는 길을 걷고 있다. 좌우 논리라든가 흑백 논리가 강요되면서 "경계를 세우고 간극을 넓히는" 현상이 곳곳에서 빚어지고 있는 것이다. 포스트모던의 '넘어서기'와는 전연 다른 '경계 만들기'가 계속 진행되고 있다.

자본주의는 사회주의를 도입하고 있고, 사회주의는 또 자본주의를 받아들이고 있는 것이 지금의 현실이다. 사회주의적인 요소를 도입하면서 복지 국가로 나아가는가 하면 자본주의적 요소를 도입하면서 생산성의 확대 등이 모색되고 있다. 그래서 복지의 모델로 스칸디나비아 3국의 자본주의적 사회주의 국가가 만들어지기도 하고 사회주의적 자본주의 국가가 탄생하기도 했다. 과거의 사회주의, 자본주의는 이제 이 세상 어디에도 존재하지 않는다. 그런데 유독 한국 사회만 양극 체제를 강요한다. "경계를 세우고 간격을 넓히라"고 말이다. 보수가 어쩌고 진보가 어쩐다고 계속 떠들어대고 걸핏하면 좌파 프레임을 씌운다. 편을 나누고, 국민이 이에 호응하면 정치적 성과로 받아들인다. 언제 적 좌파이고 우파인가. 요즈음 새로운 화두로 등장하고 있는 AI도 궁극적으로 보면 인간과 기계의 결합이다. 이런 화학적 융합 현상, 경계 넘어서기가 시대의 대세인 것이다. 우리는 한국이라는 이름으로 그러한 사회로의 변증적 통합을 이루어내야 한다. 그것이 포스트모던 정신이 우리에게 요구하는 시대의 임무이다.

■ 중도일보, 2024년 6월 4일

건국절, 그 불편한 진실

　　지금 우리 사회는 불필요한 논란을 벌이고 있다. 1948년 8월 15일이 건국일이고, 대한민국은 여기서부터 시작되었다고 말이다. 건국이란 나라를 처음 만든다는 것, 창조의 뜻이 담겨 있다. 그렇다면 한반도는 1948년 갑자기 하늘에서 떨어졌는가 땅에서 솟아오른 것인가. 또한 한글은 이때 만들어졌는가, 백의민족은 또 어디서 왔단 말인가.

　　주시경(周時經, 1876-1914)은 한 나라가 성립하기 위해서는 천연으로 구획된 땅과, 거기에 거주하는 인종, 언어가 있어야 한다고 했다. 이 세 가지 요인이 있었던 까닭에 우리나라는 역사상 단 한 번도 사라진 적이 없었다. 한글은 창제 이후 민족의 얼이 반영되면서 변신을 거듭했고, 이 땅 역시 이를 지키기 위한 선조들의 피가 스미고 엉긴 곳이다. 뿐만 아니라 우리는 수

많은 성씨의 혼합과 탄생을 거쳐 오늘의 우리에 이르렀다. 우리나라는 이렇듯 적층을 통해 가이없는 계승과 발전 끝에 도도한 대하(大河)를 이루며 오늘에 이르른 것이다. 건국이란 우리 민족이 처음 열리던 단군조선의 시대뿐이다. 이후 우리는 반도에 터를 잡고 하나의 민족 단위로, 동일한 언어로 살아왔다. 선조들도 이런 사실을 알고 있었다. 왕건은 고구려를 계승한다는 뜻에서 국호를 고려라 했고, 이성계는 단군조선을 이어간다는 의미에서 조선이라 했다. 고려나 조선시대, 심지어 삼국시대에도 단절에 바탕을 둔 건국절이란 없었거니와 이를 기념하는 행사조차 없었다.

적층의 관점뿐 아니라 미시적 측면에서도 1948년의 건국설은 언어도단이다. 미국은 어떠한가. 미국 독립기념일은 토머스 제퍼슨이 작성한 독립선언문이 대륙 회의에서 승인된 날인 1776년 7월 4일로 잡고 있다. 미국 역시 국가의 근본 요소인 땅, 민족, 언어가 있었지만 영국의 지배하에 있었다. 주권이 없는 식민 상태를 벗어나고자 독립 선언을 했거니와 그 회복의 과정을 독립전쟁이라 불렀다. 그들은 이를 건국전쟁이라 하지 않았으며, 1783년 전쟁의 승리로 미합중국 정부가 공식 들어선 뒤에도 건국이란 말을 사용하지 않았다.

개화기 전후부터 1945년까지는 주권을 상실한 상태, 곧 식민 상태였지 우리나라가 없었던 것은 아니다. 그래서 미국처럼 독립운동을 한 것이다. 잠재되어 있던 독립운동은 1919년 3월 1일 최남선의 기미독립선언서 낭독부터 본격화되기 시작했다. 독립선언이 먼저 있은 다음 한 달 뒤인 4월 11일에 대한민국 임시정부가 수립되었다. 미국은 이 과정이 동시에 이루어졌다.

주권이 없던 시절 독립운동의 상징은 태극기와 애국가이다. 상징(symbol)이란 오직 소속 집단에게만 유효한 의미를 갖는다. 그러니까 태극기와 애국가는 우리 민족이라는 귀속성을 가질 때에만 구속력이 있는 것이다. 일제강점기에는 태극기를 세우거나, 애국가를 부를 수 없었다. 태극기와 애국가는 안중근과 유관순, 윤봉길의 품에, 초가집의 다락 속에 숨어 있었다. 그것이 수면 위로 당당히 올라온 때가 3 · 1운동이다.

이때를 계기로 태극기는 삼천리 곳곳, 만주 벌판으로까지 뻗어나갔다. 봉오동의, 청산리의 독립군들, 애국지사들은 태극기와 더불어 일군(日軍)과 밤을 새우는 독립 전쟁을 벌였다. 치열한 전투 끝에 밝아오는 새벽녘, 봉오동의 언덕 위에 여전히 펄럭이는 태극기를 보았을 때, 그들은 독립전쟁에서 패배하지 않았음을, 꿈 서린 자유의 땅이 가까이 오고 있음을 느꼈다. 이 태극기는 미 기병대의 파괴된 성채의 한 켠에서 휘날리던, 승리의 징표였던 성조기와도 같은 것이었다. 반면 독립군 잡는

건국절, 그 불편한 진실

조선인 간도 특설대나, 천황(天皇)의 신민(臣民)으로서 살아가고자 했던 조선인들에게는 태극기란 보는 즉시 부러뜨려야 할 적기(敵旗)에 불과했다.

광복절은 독립운동의 결과 빼앗긴 주권이 회복된 날이고, 1948년 8월 15일은 그 주권이 공식 행사되는 날일 뿐이다. 이때를 건국절로 하자는 것에는 분명 저의가 있다. 반만년의 역사와 독립투쟁을 부정하고, 태극기를 적기로 생각한 것에 대한 자기 정당성을 주장하고 싶은 것이다. '반일 종족주의(反日種族主義)'만 말하지 말고, 반한(反韓) 종족주의에 대해서도 말할 줄 알아야 한다. 그렇지 않으면 그들은 태극기를 적기로 간주한 신종족(new race)임이 분명하며, 그럴 경우 8·15 건국절은 그들 속에서만 정당성을 갖게 될 것이다.

■ 중도일보, 2024년 8월 20일

한국, 하나의 나라

　　지금 우리는 유사 이래로 가장 분열되고 쪼개진 사회에서 살고 있다. 우리 사회는 왜 이렇게 여러 갈래로 나뉘어진 것이고 견고한 성채처럼 서로 넘나들 수 없는 벽들이 만들어진 것일까. 자신과 견해가 다른 정치인이, 혹은 정당에 관한 신문 기사가 나오기라도 하면, 이때다 하고 차마 입에 담을 수 없는 담론들, 거친 댓글이 붙는다. 이런 증오의 담론을 보게 되면, 우리가 과연 하나의 단일 민족인가 하는 의구심마저 든다.

　　그 연장선에서 우리는 누구 하나 존경하는 정치인을 갖지 못했거니와 설사 있다고 하더라도 이를 드러내놓고 말하지 못한다. 많은 미국인들은 워싱턴을, 링컨을, 레이건 등등을 존경한다고 쉽게 이야기하는데도 말이다. 이런 상황은 정치인들이,

그리고 이에 부화뇌동한 국민 자신들이 만든 것이다. 표를 얻거나 자신의 정치적 목표를 이루기 위해서라면 국민이야 어떻게 되든, 나라가 어떻게 흘러가든 관심이 없다. 국가 최고 지도자도 마찬가지이다. 그는 더 이상 표를 얻을 일이 없는 위치에 있다. 오직 국민의 행복이나 민족의 앞날, 국가의 발전만을 위해 앞으로 나아가면 되는 것이다. 그럼에도 지탄받는 인사, 국민의 정서에서 결코 용인될 수 없는 정책들을 아무렇지도 않게 기용하거나 시행한다. 후보 때나 당선된 이후나 국민들을 갈라치기하는 데 여념이 없는 것이다. 이는 물론 어제 오늘만의 일은 아니다. 일찍이 우리는 이렇게 분열된 시대를 살아온 적이 없었다.

일제가 우리의 현실을 왜곡해 만든 식민사관이라는 것이 있다. 그들은 식민 지배를 합리화시키기 위해 이 사관을 만들었다. 이들은 붕당정치를 예로 들며 조선왕조는 내내 당파로 갈라지고 싸움질만 했다고 한다. 그 결과 조선은 단결하지 못하고 시대의 대세를 따라가지 못한 채 궁극에는 정체되어버렸다는 것이다.

조선이 붕당정치로 갈라져 오랜 세월에 걸쳐 분열되고 갈등했다는 것은 틀린 이야기는 아니다. 하지만 이때는 정치하는 몇몇 관료들만의 일이었을 뿐, 조선의 대다수 백성들에게까지

이 분열의 불온성이 전염된 것은 아니다. 말하자면 이 시대 백성들은 하나였지 여러 갈래로 흩어져 있었던 것은 아니었다. 지금 우리는 불신 시대를 넘어 분열의 시대를 살고 있다. 정치인의 논리에 상동화(相同化)된 국민들이 점점 늘어나면서 모든 이들이 정치가 만든 분열에 노출되어 있다. 어느 정치인도, 어느 제도도 분열된 국민을 통합시키려는 노력은 보이지 않는다.

일본은 섬나라가 갖고 있는 한계, 곧 협소한 공간에서 싸우면 도망갈 수 없는 현실을 인지하고 이를 피하기 위한 최소한의 노력으로 자신들의 음식을 일식(日食)과 더불어 화식(和食)이라고 불렀다. 여기에는 더불어 잘 먹고 지내자는 뜻이 담겨 있다. 중국은 가운데에서 빛나는 나라, 곧 중화(中華)라는 이념을 갖고 있다. 중화의 테두리에서 한족을 비롯한 모든 소수민족이 함께 잘 살자는 뜻이리라. 이들 모두는 분열보다는 통합을 지향하고 있다.

통합의 문제에 있어 우리는 이들 나라보다 훨씬 좋은 조건과 환경을 갖고 있는 데도 불구하고 이를 활용하지 못하고 있다. 한국(韓國)의 한은 나라 이름 '한(韓)'이다. 국(國)도 나라 '국'이다. 한자가 아니라면 '한'은 하나라는 뜻을 갖는 순우리말이고 일(一)의 의미도 있다. 우리는 아메리카를 미국(美國)이라 하고 일본은 미국(米國)이라 한다. 우리는 이 나라가 아름다울 수 있지만 패전의 불명예를 안고 있는 일본의 정서로는 그저 쌀이 많은 나라일 뿐이다. 한자 국명에만 집착할 필요가 있는가. 한자를 떠나면, 한국은 '하나의 나라'가 된다. 대한민국 역시 크게 하나 된 국민들의 나라가 되고, 한반도는 하나 되는 땅이 된다.

　우리가 먹는 음식은 한식이다. 한식은 전 세계에서 가장 많은 반찬을 갖고 있다. 이런 반찬들은 우리의 입에서, 혹은 상대방의 입에서 하나로 모아져 조화로운 맛을 낸다. 그러니 한식은 이름으로나 내용으로나 '하나의 음식', '조화의 음식'이라는 의미가 된다. 분열의 시대로는 우리들의 미래, 유토피아가 결코 보장되지 않는다. 하나의 나라(한국)에서 하나되는 음식(한식)을 알고 먹으며 분열과 상처를 넘어 '하나의 조국'으로 나아가는 것은 어떨까.

　　　　　　　　　　　　　■ 중도일보, 2024년 10월 1일

푸른 뱀의 해를 맞아

올해(2025)는 뱀의 해이다. 한 해를 뱀의 해라고 하는 것은 순전히 동양식 연도 표현의 방식이다. 동양은 연도를 육십갑자로 하는데, 천간(天干)과 지지(地支)의 조합을 통해서 60개의 명칭으로 만들어낸다. 천간은 10개이고, 지지는 12개로 구성되어 있는데, 이 둘의 조합으로 60년 주기의 순환이 이루어지는 것이다. 그래서 나이가 60세가 되면, 자신이 태어난 연도와 동일한 육십갑자가 되는 까닭에 이를 두고 회갑(回甲)이라고 한다.

을해는 뱀의 해이지만, 특별히 '푸른 뱀'의 해라고 한다. 을사년(乙巳年)의 천간 '을(乙)'이 오행에서 말하는 나무(木)에 해당하며, 나무는 푸른색이기에 그런 효과를 갖는다는 것이다.

'푸른 뱀'의 상징적 의미에서 알 수 있는 것처럼, 동양이나 우리나라의 경우 뱀은 비교적 긍정적인 의미를 갖고 있다. '구렁이 각시'의 설화나 남편의 생명을 살리기 위해 구렁이가 되어 약초를 물고 왔다는 각시섬의 전설 등에서 보듯 뱀은 우리에게 비교적 친숙한 동물 가운데 하나였다.

하지만 서양의 경우 뱀은 동양과 달리 그렇게 친숙한 동물이 아니었다. 서구에서 뱀의 존재성을 가장 극명하게 말해주는 것은 에덴동산의 신화이다. 하나님의 천지 창조 이후, 지상의 모든 생명체들은 에덴 동산이라는 공간에서 평화로운 삶을 영위하고 있었다. 그런데 이런 유토피아적 평화의 세계를 파괴한 것은 잘 알려진 대로 '뱀'과 그것이 벌인 '유혹의 담론'이었다.

하나님은 에덴 동산에서 모든 것을 자유로이 먹고, 마음대로 할 수 있지만, 단 한 가지 해서는 안 되는 금지의 규칙을 만들어냈는데, 사과라는 과일을 먹지 말라는 것이었다. 이 과일은 눈이 밝아지는 과일, 선과 악을 구별하는 과일, 흔히 말하는 선악과(善惡果)였다. 만약 인간이 이 소비 충동을 이겨냈더라면, 현재와 같은 원죄는 만들어지지 않았을 것이다. 인간에게 에덴 동산이라는 유토피아, 원죄라는 덫을 씌운 것은 바로 '뱀'이었다. 그래서 뱀은 유혹의 상징이 되었거니와 서구 사회나 기독교에서 사악한 동물의 상징이 되었다.

뱀의 신화적 상상력은 이후 동양 사회에서도 빠르게 전파되었고, 그 결과 이제 그것은 동양에서도 그리 긍정적인 동물로 비춰지지 않았다. 유혹의 상징이 되었던 것인데, 이를 가장 잘 대변하는 말이 '꽃뱀'일 것이다.

우리 문학에서 이 '꽃뱀'의 상징을 가장 효과적으로 구현한 시인은 아마도 서정주일 것이다. 그는 자신의 대표작 「화사(花蛇)」를 썼고, 이를 자신의 첫 시집(1941)의 제목으로 상정하기도 했다. 서정주가 이 작품을 쓴 동기는 인간은 궁극적으로 유혹하는 존재, 혹은 유혹당하는 존재라는 사실을 말하기 위한 것이었는데, 그 합당한 근거를 제시하기 위해서 도입한 것이 에덴 동산의 신화에서 벌어진 뱀의 유혹이었다.

서정주 이후 '뱀'의 사악한 상징성은 우리 사회 곳곳에 침투해 들어오기 시작했다. 그 하나가 욕망의 상징이었는데, 이와 관련된 일화들은 제법 많았다. 비록 오래된 시절의 이야기이긴 하지만, 아마도 필자가 중학교 시절이었던 것으로 기억된다. 하교 길에 우연히 한 무리의 군중들이 모여 있는 것을 보았다. 무슨 약을 파는 것 같았다. 그런데, 약을 파는 주체는 목에다 뱀을 두르고 있었고, 병 속의 물을 땅에 조금씩 쏟으면서 남자들의 오줌발은 이렇게 약하면 안 된다고 연신 떠들어내고 있었다. 뱀을 두르고 있어 재미있어 보이긴 했지만, 무슨 약이기에 뱀을 목에 걸쳐야 하는 것인지, 병에 뚝뚝 떨어지는 저 힘없는 물줄

푸른 뱀의 해를 맞아

기가 무엇을 뜻하는지는 알 수 없었다.

뱀은 이렇게 우리 사회에서 욕망하는 것의 상징으로 굳어지기 시작했다. 욕망 때문에 인간은 유토피아를 잃었다고 성서는 가르치고 있거니와 다시 그 유토피아로 회귀하기 위해서 인간은 무엇보다 욕망을 다스려야 한다고 요구하고 있다. 이런 단면은 비단 성서에서만 유효한 이야기는 아닐 것이다. 올해는 뱀의 해이긴 하되 푸른 뱀의 해이다. 욕망이란 붉음이다. 푸른색은 붉은 것을 중화시키는 기운을 갖고 있다. 그 뜨거운, 빨간 기운을 푸른색으로 희석시켜 욕망이 절제되는 사회, 그리하여 갈등 없는 사회를 기원해보는 것은 어떨까.

■ 중도일보, 2025년 2월 11일

3부

중용과 비판

교육 책임자의 과제

우리의 교육정책은 교육 책임자가 바뀔 때마다 달라져왔고, 그 많은 변화를 겪어온 현재에 이르러서도 이같은 과거의 관행은 계속되고 있다. 어제가 달랐고 오늘도 다르며 내일 역시 달라질지도 모르는 것이 우리의 교육 현실인 것이다.

교육의 정책이나 제도가 양(量)에서 양으로의 단선적, 수평적인 변화가 아니라 양에서 질(質的)로의 복합적, 수직적인 변화로 진행되어왔다면 이 같은 혼란은 더 이상 일어나지 않았을 것이다. 우리의 교육정책은 언제나 양에서 양으로 바뀐다는 데 문제의 심각성이 있다. 이런 현상들은 모두 무언가 자신의 임기 동안에 뚜렷한 업적을 이루어내야 한다는 강박관념에서 비롯된 한탕주의, 실적주의가 빚어낸 참담한 결과이다.

그렇다고 일에 대한, 업무에 대한 의욕 자체를 부정하자는 뜻은 아니다. 또한 과거에 대한 단순한 답습과 그것의 순탄한 지속을 미덕으로 보자는 것도 아니다. 주어진 임무에 대한 남다른 의욕과 잘못된 과거에 대한 대안적 극복 의지는 현재를 넘어서서 미래를 열어가는 실천의 장이 될 수 있기 때문에 새로운 정책에 대한 탐색 의지는 더욱 고양될 필요가 있을 것이라 판단된다.

참신한 정책과 신선한 제도들은 정책 입안자나 이것의 실천을 요구받는 사람들에게 새로운 맛을 주는 것이 사실이다. 문제는 그 새로운 맛, 검증되지 않는 양만을 충동적으로 추구하는, 제어되지 않는 그들의 허황된 욕망에서 비롯된다. 그들은 '환하다'는 자기 판단만을 믿고, '위험'이라는 검증을 거치지 않은 채 불빛만을 맹목적으로 쫓는 부나비의 경우처럼 실적주의라는 강박관념 속에서 자신들의 자의적인 판단 아래 새로운 제도만을 추구해왔다는 점에서 그 책임을 면키 어려울 것이다.

그들의 이 같은 행동은 소멸이라는 대가를 통해 자신의 존재를 마감하는 부나비의 교훈이 일러주는 것처럼, 교육과 제도를 멍들게 하고 결국에는 자신의 이름조차 유폐되는 결과를 초래하고 마는 것이다. 너무도 흔히 들어왔던 교육은 백년지대계라는 경구처럼, 교육이란 특정인의 그릇된 영웅적 심리에서 비롯

된 양에서 양으로의 단순한 변화가 아니라 양에서 질로의 화학
적 변화에 의해 정초되어야 할 것이다.

암기는 나쁜 교육인가

공무원 시험을 비롯한 각종 시험에 출제 위원으로 가게 되면, 제일 먼저 듣는 소리가 "지엽적이고 단순 암기적인 문제들의 출제는 지양해달라"고 하는 말이다. 그리고 혹여 이런 문제가 나온다면, 여러 언론에서는 기다렸다는 듯 잘못 출제되었다고 떠든다.

얼마 후면 대학 수능 시험이 치러진다. 수능은 창의나 융합 시험의 대명사이다. 그런데 이 시험이 의도했던 목표를 과연 달성했다고 할 수 있는 것인가. 얼마 전 수학 1타 강사가 10년 안에 대학 수능 시험은 사라질 것이라고 했다. 방법이나 의도에 차이가 있긴 하지만 여기에 전적으로 동의한다.

수능 시험이 사라져야 하는 이유는 차고 넘친다. 우선, 수능은 재미없는 공부이다. 공부란 무엇보다 재미가 있어야 한다.

그런데 수능은 그렇지 못한 시험이다. 그래서 대부분의 수험생은 이를 외면한다. 가령, 다음의 사례를 보자. 1980년대 대학 예비고사에 이런 문제가 출제된 적이 있었다. "다음의 시인 중 청록파 시인이 아닌 사람은? ① 박목월 ② 박두진 ③ 조지훈 ④ 박남수." 정답은 ④번이다. 암기한 직후 이 문제가 나왔고, 그리고 정답을 맞히었다면, "아! 공부한 게 나왔네" 하고 감탄하게 될 것이다. 그런데 수능 시험은 어떠한가. 국어 과목에 한정하여 말하면 이 시험은 너무 어렵다. 그러니 접근하기도 어렵거니와 공부를 해도 정답을 알아내기가 쉽지 않다. 게다가 답을 체크해도 그것이 정답인지 아닌지 금방 알 수도 없다. 학생들이 이렇게 혼란을 겪는 데에는 그 나름의 이유가 있다. 답항을 보면, 지문의 내용을 쉽게 알아내지 못하게 이리저리 비틀어놓은 것이 대부분이다. 그리고 그것이 답이 되어야 하는 이유도 명확하지 않을뿐더러 하나의 단어만으로도 오답이 되게끔 만들었다. 창의와는 전혀 관계가 없는 것인데, 이런 시험에 학생들은 좌절하고 궁극에는 접근조차 하려 들지 않는다. 수포자뿐만 아니라 국포자가 양산되는 것은 이 때문이다.

둘째는 수능에 바탕을 둔 대학 입시 제도의 문제이다. 수시에서 사회적 배려자라든가 차상위 계층을 위한 모집 등에 있어서 이 제도가 긍정적인 면을 가진 것도 사실이다. 하지만 거기

암기는 나쁜 교육인가

까지일 뿐, 이 제도는 융합이라든가 창의와는 전연 상관없는 방향으로 흘러가고 있다. 수능은 등급제를 도입하고 있는데, 상위 등급을 취득하는 것도 쉽지 않거니와 그나마 이마저도 몇몇 상위권 대학이나 상위권 학과들만의 리그로 변질되어 있다는 점이다. 고등학교 현장은 수능 이전에 대학 합격자가 발표되고, 그리하여 수능 성적이 필요 없는 학생들은 학교 교육에 전혀 관심을 기울이지 않는다. 이때부터 학교는 수능이 필요한 몇몇 학생들만의 교육으로 전락하고 만다. 게다가 수능이 필요한 경우에도 전 과목 등급을 요구하는 대학이 있는가 하면, 한두 과목의 등급만을 요구하는 대학도 있다. 수능 제도의 도입 의의와는 상관없는 눈치 작전, 요령 키우기 등을 이 제도는 조장하고 있는 것이다. 이게 창의적 교육과 무슨 상관이 있는가.

셋째는 수능 시험은 대학 서열화를 극단화시킨 또 다른 병폐를 낳았다. 재수생을 방지한다는 차원에서 가나다군을 만들었고, 지원만 잘 하면 어느 하나는 대충 합격하게끔 되어 있다. 그런데 문제는 이 제도가 바둑의 촉촉수와 같이 촘촘하게 채워 내려오는 결과를 만들었다는 점이다. 이 제도가 아니라면 좀 더 느슨한 경쟁 상태에서 들어갈 수 있는 대학도 들어가기가 어렵다. 또한 재수생은 줄어들지 않았다. 반수생이 수능 이전의 세대보다 더 늘어난 것은 어떻게 설명해야 하는 것인가.

창의는 단순한 지식과 기초 지식 속에서 얻어지는 것이다. 이와 더불어 공부 또한 재미가 있어야 한다. 요즈음 학생들은 '청록파'도 모를뿐더러 국민적 가요가 된 정지용의 「향수」를 아는 학생도 별로 없다. 그렇다고 암기 교육 위주로 시험을 출제하자는 것은 아니다. 암기와 창의를 적절히 섞는 비율이 필요하다는 것이다. 하나가 좋다고 해서 모든 것을 이에 다 맞추는 것이 진정 좋은 제도인가. 기초 지식이 전혀 갖추어져 있지 않은 상태에서, 그리고 재미없는 공부 속에서 어떻게 창의나 융합적 지식이 만들어질까.

■ 중도일보, 2022년, 10월 25일

암기는 나쁜 교육인가

중용과 비판적 시선

지금 우리 사회를 보면, 새삼 중용(中庸)이라는 말의 소중함을 알게 된다. 중용은 학창 시절부터 늘 들어왔던 말 중의 하나였고, 또 그러하기에 우리에게 무척 친숙한 말 가운데 하나가 된 지 오래되었다. 중용의 사전적 의미는 "넘치거나 부족함이 없이 떳떳하며 한쪽으로 치우침이 없는 상태나 정도"이다. 좋은 말임에 틀림이 없거니와 그래서 우리에게 강요되고 또 주입된 말이 되었을 것이다.

우리가 일상을 살아가다 보면, 중용의 미덕이랄까 소중함을 알게 된다. 인간이란 근본적으로 욕망하는 존재이기에 '부족함'보다는 '넘치는 상태'에 흔히 놓여 있는 까닭이다. 욕망은 세속적인 차원에서 보면 욕심에 해당한다. 물론 이 말이 무턱대고 나쁘다고는 할 수 없을 것이다. 경우에 따라서 그것은 개인이 발전하는 데 있어서 중요한 매개가 될 수 있기 때문이다. 욕망이 있으니 목표 의식이 생기는 것이고, 또 그것이 있기에 현재의 자아를 앞으로 전진하게 하는 동력으로 작용하기도 한다.

하지만 문제는 욕망이 부족할 때도 생기지만 그것이 넘쳐날때 더욱 크게 일어난다. 욕망이 부족하다는 것은 뚜렷한 목표의식의 부재와 연결되고, 그것은 곧 개인 혹은 사회에 있어서의 낙오를 의미한다. 반면 그것이 지나치게 클 때는 개인의 차원을 넘어서 사회의 영역에까지 깊숙이 침투해 들어가게 된다. 그럴 경우 그러한 행위들이 사회적 불온을 만들어내고, 궁극에는 개인의 비리나 사회적 병폐로 연결될 수밖에 없을 것이다. 없어서도 안 되지만, 있되 과해서도 안 되는 것이 인간의 욕망이다. 그래서 우리는 중간의 지대를 설정하기가 무척 어렵기에 교육을 통해서, 수양을 통해서, 혹은 스스로의 다짐에 의해서 중용의 의미를 계속 환기해보는 것이다.

그런데 "한쪽으로 치우침이 없는 상태나 정도"라는 이 중용의 미덕은 비단 인간 내부의 문제에서만 유효한 것은 아니다. 지금 우리 사회가 겪고 있는 양극화의 단면을 보면, 이 중용의 의미가 얼마나 중요한 것인지를 느끼게 된다. 이 양극화를 만든 요인은 정치가 조성했고, 정치가가 그 환경에 불을 질렀다. 진영 논리에 기대는 것만큼 자기 편을 만드는 좋은 수단도 없

중용과 비판적 시선

을 것이다.

갈라진 사람들의 마음은 중간의 지대로 나오기가 결코 쉽지 않다. 한쪽 진영에 선 사람들은 다른 쪽 진영의 사람들의 말이나 마음에 공감의 지대를 결코 만들려 하지 않는다. 뿐만 아니라 신문이나 방송의 뉴스 역시 상대방의 논리에는 귀담아 듣거나 보려고 하지 않는다. 속된 말로 "듣고 싶은 것만 듣고 보고 싶은 것만 보는" 현상이 빚어지는 것이다. 이렇게 진영 논리에 갇힌 사람들은 자기 편의 사람이 어떤 범법자라고 해도 절대적으로 찬성하고 심지어 찬양해버린다. 이들의 정신은 이미 세뇌의 과정을 충분히 거친 상태가 되었다. 그리하여 그 감옥으로부터 탈출할 길을 잃어버렸다. 아니 그보다는 굳이 여기서 나가려고 하지 않는다. 이런 논리 속에서 인간의 보편적 가치들은 휘발유처럼 날아가버린다. 남아 있는 것은 오직 상대방에 대한 증오와 패퇴뿐이다.

자기 진영이 많다고 생각되거나 다른 진영에 비해 좀 더 우호적이라고 생각하면 정치 환경은 이를 자기화하고 이에 추종하고자 할 뿐이다. 범법자도 자기 편이면 지지하는 형국이다. 그러니 이 논리가 극단화되면, 타 진영에 대한 외면은 지극히 당연한 것이거니와 경우에 따라서는 자기 진영의 사람들도 외면하는 일이 벌어지게 된다. 이런 현실이 남기는 것이 무엇일까 하는 것에 대해 굳이 궁금해할 필요가 없다. 이미 정답은 내려져 있는 까닭이다.

이런 현실에서 가장 필요한 것이 중용의 미덕일 것이다. 한쪽으로 무비판적으로 경사되는 순간 피해는 이미 자신을 향해 뚜벅뚜벅 걸어오기 시작한다. "너무 과하거나 부족함이 없이 한쪽으로 치우치지 않아야" 비로소 많은 중간지대가 형성될 터인데, 이런 현실이 매우 요원한 것이 우리의 처지이다. 이런 집단이 많아야 한 사회는 성공한 것이고, 이를 바탕으로 보다 나은 미래로 나아갈 수 있을 것인데도 말이다.

그리고 여기서 또한 필요한 것이 바로 비판적 시선이다. 실상 중간지대의 형성과 비판적 시선의 등장은 동전의 앞과 뒤 같은 것이다. 이 시선이야말로 사회의 냉정한 감시자 역할을 할 수 있을 것이다. 그럴 경우 한 쪽만의 시선을 의식한 정책이나 정치가 사라질 것이다. 지극히 평범한 말이지만 우리는 사회를 구성하고 살 수밖에 없는 운명을 지니고 있다. 또한 그 운명이 지향하는 곳 또한 모두의 유토피아를 위해서이다. 이 에덴 동산으로 가는 길은 갈라진 진영으로서는 결코 가능하지가 않다. 한쪽으로 치우치지 않은 감각과 비판적 시선이 보다 많이 형성될 때, 비로소 이루어질 수 있을 것이다. 모두의 이익을 위해서 살고자 하는 것이 우리의 희망이며, 그것이 비록 어렵다 하더라도 그 가능성을 믿고 사는 것이 인간에게 주어진 꿈일 것이다. 인간은 꿈이 있기에 아름다운 존재이다. 누가 이 아름다운 꿈을 향해 돌을 던질 수 있을까.

■ 대학지성, 2023년 1월 9일

나이 타령

2023년 우리 사회의 가장 큰 변화 가운데 하나는 이른바 한국식 나이가 사라지는 일이다. 대한민국 국민인 우리에게는 대략 세 가지 형태의 나이가 존재해왔다. 태어나서 한 살이 되는 것과, 해가 바뀌면 한 살이 되는 것, 그리고 자신이 태어난 날이 돌아오면 한 살이 되는 방식이다. 이러다 보니 가끔 외국 학생으로부터 이런 이야기를 듣곤 했다. "한국식으로 하면 저는 몇 살입니다"라고. 여기서 한국식 나이란 보통 첫 번째의 경우를 말한다.

사실, 우리 사회에서는 태어나자마자 나이를 먹었다. 그러다 보니 좀 억울한 경우가 가끔 생기기도 했다. 가령, 11월이나 12월에 태어났을 때, 불과 한두 달 후에 두 살이 되는 기막힌 현실을 마주하는 것이다. 어렸을 때에는 나이 한두 살 많은 것에 별반 상관이 없지만, 나이가 들면 이렇게 터무니없이 나이가 많아지는 현실을 받아들이지 못하는 경우를 종종 보게 된다.

한국식으로 계산되는 나이가 언제부터 시작되었는지를 일러주는 기록이 정확히 남아 있지는 않다. 이는 관습에 속하는 일이어서 그 기원을 추적하는 것이 무척 어려운 까닭이다. 그럼에도 나이가 이렇게 계산되어야 하는 데에는 그 나름의 이유가 있었다.

첫째, 그것은 인간 수명과 밀접한 관련이 있었다. 지금은 인간의 평균 수명이 70~80세가 넘지만, 이전 사회에서는 대략 30~40세 전후였다. 특히 평균수명이 이렇게 짧은 원인은 대개 유아사망률과 밀접한 관련이 있었는데, 과거 태어나자마자 죽거나 혹은 한두 해 지나서 죽는 사례들이 매우 많았기 때문이다. 그래서 한두 해라도 더 살았다는, 아니 살고자 한 욕망의 표현이 태어나자마자 나이를 부여하게끔 만든 원인 가운데 하나가 된 것이 아닌가 한다.

두 번째는 우리 사회를 지배했던 뿌리 깊은 장유유서(長幼有序)의 문화이다. 나이 든 사람과 어린 사람에게는 일정한 순서가 있다는 것이 장유유서이다. 우리 사회에서 연장자는 무조건 존대를 받았고, 또 아랫사람은 윗사람을 그런 식으로 대하는 것이 당연시되었다. 일상에서 누구와 다툼이 있을 때, 가장 먼저 나오는 말이 "너 몇 살이야?"이다. 그러니까 어떤 일에 대한 잘잘못을 따지기 전에 나이로 상대방을 제압하고자 했다는 의미다. 그런데 이렇게 불거졌던 갈등들은 어떻든 정리되곤 했는데, 요즈음 흔한 말로 "나이 많은 게 무슨 벼슬"처럼 생각되었기 때문이다.

1970년대에는 나이를 높이는 일들이 비일비재했는데, 이때 수많은 농촌 총각, 처녀들이 도시로 몰려들었다. 그런데 이런 무질서하게 몰려든 집단들을 질서화시킨 것이 나이의 논리였다. "나이가 너보다 많다. 그러니 언니, 오빠, 형, 누나 대접을 해라" 하면서 말이다. 그래서 이때 나이는 되도록 많아야 좋았다. 그러다 보니, 성문화된 호적의 나이와 실제 나이가 정확히 들어맞는 경우가 거의 없었다. 실제로 맞는다 해도 "호적이 잘 못되었다"고 둘러대면 그만인 것이 이때의 현실이었다.

셋째는 가부장제적인 질서이다. 유교 문화권에 놓인 한국 사회는 족보 문화가 대단히 중요시되었고, "대를 잇는다", "자손을 잇는다"라는 정서가 매우 강했다. 조혼의 풍속이 있긴 했지만, 어떻든 이런 전통을 잇기 위해서는, 그래서 결혼을 좀 일찍 하기 위해서는 나이가 들어야 했다. 궁극적으로 결혼이란 연륜이 필요한 것이었고, 그러기 위해서는 단 한 살이라도 많아야 한다는 조건이 붙었다. 이런 조급함이 만들어낸 것이 또한 한

나이 타령

국식 나이의 기원이었다.

지금까지는 한 살이라도 더 많아야 하는 문화가 지배했기에 한국식 나이가 존재했다. 하지만 이제는 과거의 문화들이 사라지는 형국에 놓여 있고, 그것이 "만 나이"라는 하나의 통일된 방식을 낳게 한 계기로 작용하고 있다. 이제 이력서를 쓸 때 어떤 나이를 기록할 것인가를 고민할 필요도 없게 되었고, 또 '만 ○○세'라는 말도 없어지게 되었다.

의료의 발달과 더불어 유아가 조기 사망하는 일도 없을 것이고, 가부장적 질서에 바탕을 둔 조혼의 풍습도 없어진 지 오래되었다. 이제 나이를 앞세워 상식을 초월한 채 상대방을 제압하려는 일도 없어져야 할 것이다. 그것이 나이의 통일이 가져오는 또 다른 효과여야 한다.

■ 중도일보, 2023년 1월 22일

국가를 위해서 무엇을 할 수 있는가

"그러므로 친애하는 미국인 여러분, 조국이 여러분을 위해서 무엇을 할 수 있는지 묻지 말고, 여러분이 조국을 위해서 무엇을 할 수 있는지 물어보십시오(And so, my fellow Americans: ask not what your country can do for you; ask what you can do for your country)."

이 말은 제35대 미국 대통령을 지낸 존 F. 케네디(John F. Kennedy) 대통령의 취임사에 나오는 구절이다. 이를 알게 된 것은 옛날 공부했던 『성문종합영어』에서이다. 우리 세대라면, 영어 학습을 위해서라면 꼭 봐야 할 바이블 같은 것이 이 책이었다. 아마 2장의 장문 독해 연습에서 나온 것으로 기억한다. 그때에는 그저 멋진 말 정도로 알고 있었고, 이 말 속에 어떤 깊은 뜻이 있는지 몰랐다. 어린 시절에 뭘 알았겠는가.

세월이 흘러가면서 이 구절은 가끔 그리고 멋진 말이었다는 정도로만 기억하고 있었다. 그런데 요즈음 이 말 속에 담긴 깊은 뜻이 새삼스럽게 다가오는 것은 어찌된 일인가. 비록 내가 태어나기 전의 일이긴 하지만, 미래의 재난을 걱정하며 열변을 토해내던 케네디의 음성이 들리는 듯 하다.

지금 이 시대를 살아가는 사람들은 국가를, 사회를 위해서 무엇을 얼마나 하고 있다고 생각하는가. 얼마 전 구미 교육청에 특강하러 갔다가 시간이 나서 직원과 잠깐 담소를 나눈 적이 있었다. 우리 시대의 화제로 자리하고 있는 정년 연장에 관한 것이었다. "정년이 좀 늘어나면, 일할 시간이 늘고, 또 연금 등에서 좋은 조건을 유지할 수 있으니 좋겠습니다."라고 화두를 던졌다. 그랬더니 그분은 단 하루도 더 하고 싶지 않다고 했다. 매일같이 밀려드는 민원인들의 성화에 하루하루의 근무가 힘들고 경우에 따라서는 일 자체가 지옥처럼 느껴질 때가 한두 번이 아니라고 한다. 그러니 "여기서 뭘 기대하고 더 근무하겠는가"라는 자탄의 답변이 돌아왔다.

한때 철가방으로 불렸던 교사직도 예전 같지 않다고 하는 소리가 들린다. 교대 등의 입시가 미달 사태에까지 이르고 있다고도 한다. 신규 임용되는 교사 자리가 적으니 그럴 수도 있겠지만, 원인은 딴 데 있는 것처럼 보인다. 어느 학교에서 제주도로 수학여행을 갔다는 기사가 있었다. 그런데 몇 학부모가 거기까지 따라왔는데 그 이유는 간단했다. "우리 아이는 흑돼지를 못 먹으니 다른 음식을 마련하기 위해서", "우리 아이는 잠자리가 바뀌면 잠을 못 자니 내가 함께 자려"고 왔다는 것이다. 교사들은 거의 매일 학생들의 항의라든가 이런 학부모의 민원에 시달리다 못해 때로는 신경쇠약에 걸릴 지경이라고 한다. 이러니 교사를 하고 싶은 마음이 생길까.

지금 한국의 출산율은 세계에서 가장 낮은 수준이라고 한다. 이대로 간다면 불과 백 년 안에 인구가 반으로 줄거나 민족이 소멸한다는 등의 이야기도 들린다. 이런 사태를 예방하기 위해서 정부는, 지자체는 천문학적인 돈을 들여서 이를 막아보려 한다. 하지만 예산만 소모될 뿐 출산율은 전혀 개선되지 않고 있다. 출산율 저하가 이루어지는 원인들에 대해서 여러 가지 이유들이 제시되곤 한다. 집이 비싸 결혼을 못 한다는 둥, 양육비가 많이 든다는 둥, 아이를 키우기 위한 탁아시설, 보육시설이 부족하다는 등등의 이유들이다. 그렇다면, 우리 부모 세대는 그럴듯한 집이 있어서, 보육시설이 충분히 갖춰져 있어서, 넉넉한 교육비가 있어서 적게는 네 명에서 많게는 열 명 가까이 아이들을 낳았는가.

사회나 집단 등을 배려하지 못하는 일은 이뿐만이 아니다.

이따금 폭설이나 홍수 등의 기상이변이 있어서 비행기나 교통편이 원활하지 않은 때가 있다. 그런데 이런 기사 다음에 꼭 뒤따르는 말이 있다. "무슨무슨 조치에 대해 분통을 터뜨렸다"는 말이다. 우리 사회는 무엇을 조금도 기다려주는 법이 없다. 오직 자기 주장만이 있을 뿐이다.

기업이나 학교, 혹은 국가는 경우에 따라 이유 없는 주장과 항의들로 시달리고 있다. 우리의 요구 혹은 이익만을 관철시키면 그만이라는 이기주의 탓이다. 보다 건강한 사회를 위해 "조국을 위해 먼저 할 수 있는 일이 무엇인지 묻자"는 케네디의 말을 다시 한번 환기할 때가 되었다.

■ 중도일보, 2023년 3월 21일

홍범도 흉상 이전 논란에 대하여

　　요즘 홍범도 장군의 흉상을 둘러싸고 많은 논란이 일어나고 있다. 한때 소련 공산당에 입당한 경력 때문이다. 그러한 경력은 육군 간부를 길러내는 사관학교의 방향에 전혀 맞지 않기에 당연히 철거해야 한다는 것이다. 이런 논리가 정합성이 있는 것이라면, 이 학교 2기생인 박정희 전 대통령도 사관학교 학적부에서 삭제해야 맞다. 그는 남로당 조직책 출신으로 이 학교의 가치와는 전혀 동떨어진 것이기 때문이다.

　　과거의 역사나 사건을 해석하다 보면, 필연적으로 현재의 관점이 어김없이 개입되기 마련이다. 그러니까 과거의 진실보다는 현재의 선입견이나 주관이 어쩔 수 없이 들어갈 수밖에 없는데, 이를 두고 필연적 시대착오(inevitable anachronism)라고 부른다. 역사적 사건에는 분명 당시의 시대상이 반영되어 있다. 그래서 이를 현재의 시각에서 해석하고 자리매김하는 것은 이치에 맞지 않는 경우가 많다. 법률에서도 이런 위험성을 인지해서 소위 '법률 불소급의 원칙'을 내세우는 것이 아닌가. 자신의 정적을 없애거나 현재의 가치에 맞지 않는 것들을 제멋대로 걸러내는 것을 막기 위함이다.

과거의 역사나 사건을 당시의 시대상과 분리할 수 없다. 이는 신채호의 정신사적 변모를 봐도 금방 알 수 있다. 그는 역사를 아(我)와 비아(非我)의 대립, 투쟁으로 보고, 조선이 일제강점으로부터 벗어나기 위해서는 무력을 길러야 한다고 생각했다. 양육강식론이 그것인데, 강자가 되어서 약자를 물리쳐야 한다는 논리였다. 그런데 그의 논리는 곧바로 자가당착에 빠지게 된다. 강자인 일본이 약자인 조선을 지배하고 있는 것이 정당화되기 때문이다. 그래서 그는 아나키즘을 수용한다. 강한 힘을 바탕으로 적을 물리친 다음, 이후에는 어떤 지배 세력도 인정하지 않겠다는 것이다. 이러면 일본의, 조선 지배의 정당성은 사라지게 된다.

홍범도 장군이 공산당에 입당한 것 역시 시대 상황과 무관하지 않다. 당시 소련은 미국과 동일한 연합국이었거니와 피난처로 소련에 가는 것이 독립 활동에 도움이 된다고 생각했을 것이다. 그러니 그의 선택이 잘못된 것이라고는 볼 수 없을 것이다. 박 전대통령의 경우에도 동일한 논리가 가능하다. 해방 직후 조선 백성의 70퍼센트가 사회주의를 원했다고 한다. 수천 년 동안 지주들의 횡포에 피눈물을 흘린 농민들이 대다수였으니 당연히 그럴 만했을 것이다. 그렇기에 그는 그런 시대의 흐름에 부응하여 백성들의 요구와 자신의 이념에 따라 남로당 활동이 정당하다고 판단했을 것이다. 그리고 이때 간과해서는 안 될 것이 있다. 지금처럼 진영 논리라든가 북에 대한 적개심이 상대적으로 심화되지 않은 때라는 사실이다. 그러니까 지금의 시각으로 과거를 바라보고 거기에 현재의 가치관을 그대로 대입시켜 이들을 매도하지 말라는 것이다.

현재의 가치를 무리하게 들이대는 일들은 일상에서 비일비재하게 일어난다. 한때 어느 장관 후보자가 입시 비리와 심각히 연루되었다고 비판받은 적이 있다. 하지만 그의 비리라고 지적되던 것들이 당시에는 어느 정도 통용되었을 뿐만 아니라 심각한 부정이라고 생각되지 않았던 사안들이다.

또한 오랜 세월 학교나 공직에 봉직한 사람들에게는 경력에 따라 정부에서 훈포장을 수여한다. 그런데 과거 음주운전 경력이 있으면 이 서훈에서 제외된다. 물론 음주운전은 해서는 안 되는 것이고, 특히 지금의 가치관에서 보면 더더욱 그러하다. 하지만 불과 10여 년 전만 해도 이 행위가 이렇게까지 엄격하

홍범도 흉상 이전 논란에 대하여

게 비판받지는 않았다. 심각하지 않다고 생각되던 과거의 일들에 대해 현재의 잣대가 개입됨으로써 이들은 한평생 이루어놓은 모든 공적들에 대해 평가받지 못하고 있는 것이다.

현재는 현재로서만 존재해야 하고 또 이해되어야 한다. 현재를 통해 과거의 것들을 재단하려고 들면, 필연적으로 시대착오적인 오판이 일어나기 마련이다. 역대 인물들 중 가장 존경의 대상으로 남아 있는 인물 가운데 하나가 세종대왕이다. 그는 한글을 발명하는 등의 업적을 통해 성군으로 칭송되지만, 그도 현재의 기준을 들이대게 되면 형편없는 존재로 격하되고 만다. 일부일처제를 지향하는 지금의 기준에서 보면, 세종은 처첩 수십 명을 거느린 희대의 난봉꾼이기 때문이다.

■ 중도일보, 2023년 9월 5일

욕망이 좀먹는 사회

인간이 신과 구분되는 가장 중요한 지점은 욕망의 유무일 것이다. 인간이 에덴 동산에서 쫓겨날 때에도 욕망 때문이었다. 신과 같이 밝은 눈을 가지려는 욕망, 사과라는 과일을 먹고자 하는 소비 충동이 현재의 인간의 모습을 만들었다. 인간이란 욕망하는 존재라는 것, 그것이 성경이 준 진리이자 교훈이었다.

인간이 욕망에 물든 존재이긴 해도 르네상스 이전까지는 에덴적 비욕망의 상태가 어느 정도 유지되었던 것으로 보인다. 신의 은혜와 조종 앞에 인간은 종속적으로만 움직일 수 있었기 때문이다. 하지만 이런 관계에 새로운 전환점을 준 계기가 있었는데, 16세기 전후에 밀어닥친 르네상스 운동이었다. 이 운동의 핵심이 인문주의이거니와 이를 계기로 신 중심의 세계관은 무너지게 되었다. 인간 위주의 사고가 다시 작동하기 시작한 것이다.

인간이 욕망으로부터 자유로울 수 없는 존재임을 더 확인시켜준 것은 산업혁명이었다. 이를 계기로 신은 인간의 사유 체계로부터 더욱 멀어지기 시작했다. 신의 죽음을 말한 니체라든가 "나는 생각한다 고로 존재한다"라고 선언한 데카르트의 코기토는 인간 중심의 사회가 도래했음을 일러주는 이정표가 되었기 때문이다.

신화적으로나 역사적으로 인간이 욕망하는 존재, 욕심이 가득한 존재라는 것은 부인할 수 없는 사실이 되었다. 하지만 욕망의 노예가 됨으로써 인간은 그 반대급부로 따라오는 것들의 부정적 국면들에 대해서도 감수해야만 하는 현실을 맞이하게 되었다. 욕망의 전능에 따른 인간 환경의 파괴 현상 등을 목도하게 되었기 때문이다.

작용이 있으면 반작용이 있는 것이 필연의 법칙이다. 욕망이 승할수록 이를 제어하거나 그 대안이 제시되는 경향들이 생겨나기 때문이다. 비욕망의 세계를 강조한다든지 보편이 갖고 있는 가치의 중요성이나 도덕적 우월성을 새삼 강조하는 시대의 등장 등이 그러하다.

이런 감각을 제도적으로 뒷받침한 것이 사회주의의 등장이었다. 개인의 욕망을 가급적 억누르고 보편의 욕망을 선양시키고자 한 것이 이 체제의 취지였다. 이런 장점이 있었기에 이 제도는 한때 전 세계의 2/3 이상을 점유하기도 했다. 하지만 이 체제는 곧바로 한계를 드러냈고, 궁극에는 지구상에서 사라지는 운명을 맞이했다. 이런 운명의 결과는 그것이 갖고 있는 이상의 잘못에서 빚어진 것도 아니고, 제도 운용의 미숙에서 온 것도 아니다. 인간의 심층에 자리한 욕망의 혀를 제대로 보지 못한 탓 때문이다.

인간 속에 내재한 욕망이라는 기관차는 사회주의와 같은 거대한 담론에서만 그 웅장한 모습을 드러낸 것이 아니다. 지금 이곳에서 벌어지는 여러 현상들에서도 욕망의 병리적인 모습을 읽어낼 수 있는 까닭이다. 가령, 사람들은 스스로에 대한 자신의 이데올로기가 있다고 말한다. 자신은 보수고, 누구는 진보라고 말이다.

흔히 보수는 보수끼리, 진보는 진보끼리 공동의 장이나 가치관을 마련한다. 그렇다면 실제의 현실에서는 어떠한가. 경우의 수가 있긴 하지만 분명한 것은 이 둘의 경계가 뚜렷이 구분되지 않는다는 사실이다. 보수나 진보의 편에 있어야 할 사람이 자신의 이해관계에 따라 그 집단의 가치를 거부하는 일이 흔히 일

욕망이 좀먹는 사회

어난다. 왜 이런 일탈들이 나오는 것일까. 그것은 욕망이라는 기관차가 신체의 내부에서 혀를 낼름거리고 있기 때문이다. 말하자면 자신의 이익이나 욕망에 따라 스스로의 입장을 카멜레온처럼 바꾸는 행위를 서슴지 않고 있는 것이다. 여기서 우리는 진보나 보수란 말이 얼마나 허망한 것을 알 수 있거니와 오직 인간의 욕망만이 득실거리고 있음을 확인하게 된다.

지금 우리 사회를 혼탁하게 만드는 의사들의 집단 행동도 이 범주에서 자유롭지 못한 경우이다. 보수 정권과 보수 집단이 치열하게 싸운다. 이는 보편 다수가 아니라 자신들만의 이익이 절대적으로 우선시하기 때문에 일어나고 있는 일이다. 뿐만 아니라 보수임을 자임하면서 자신의 직장을 상대로 임금이 적다고 소송을 한다. 말하자면 노동운동을 하고 있는 것이다. 자신의 이념대로라면 이런 쟁의란 어디 가당키나 한 일인가.

욕망은 사회를 병들게 하고 인간을 타락시켰으며, 또 앞으로도 그럴 것이다. 그러니 에덴 동산으로 가는 길과 건강한 사회의 존재 여부는 개인의 욕망, 곧 욕심을 어떻게 다스려가는가에 달려 있다고 해도 과언이 아니다.

■ 중도일보, 2024년 7월 9일

4부

문화의 빈곤

문인들의 아픔이 서린 시나가와

2025년 1월 11일 우연한 기회로 일본 도쿄에 가게 되었다. 도쿄란 어떤 곳인가. 한때 아시아를 호령하던 제국의 수도가 아니던가. 하지만 그러한 것은 지나간 과거의 사실일 뿐, 현재의 도쿄는 지난 시절의 영광을 하나도 간직하지 못하고 있는 것처럼 보였다. 경제 규모에서 한때는 세계 2위였지만, 이제는 이로부터 몇 단계 물러나 있었거니와 한때는 넘사벽처럼 보였던 1인당 소득도 한국에 뒤져 있었기 때문이다.

도쿄는 일제강점기 시대에 신학문을 배우기 위해 조선의 지식인, 시인들이 한 번쯤 들러보고 싶어 했던 곳이다. 하지만 현재는 과거의 그러한 감수성과는 거리가 먼 것이 사실이다. 한국인이라면, 한때 제국의 수도였던 이 도시에 가는 일이 그렇게 유쾌하게만 느껴지지 않았을 것이다. 역사가 남겨준 정치적 무의식이 여전히 위력을 발휘하고 있는 까닭이다.

여행이란 사전 지식이 중요하기에 여러 매체에 소개된 도쿄의 정보들을 뒤적거려보았다. 하지만 여기저기에 산재되어 있는 맛집들에 대한 정보가 대부분이었고, 사람이 많이 모인다는 거리, 도쿄의 화려한 야경에 대한 정보들만이 넘실거릴 뿐이었다. 나에게는 이런 정보들이 크게 와닿지 않았고 여행에 아무런 도움이 되지도 못했다. 감각이 무뎌진 탓일까.

그보다는 문학도로서 일제강점기 이곳을 스쳐 지나갔던 문인들의 흔적이 드문드문 떠올랐고, 그 잔영들에 대한 관심이 많았다. 그 하나가 소월 김정식이다. 도쿄에 제일 먼저 유학 온 문인 그룹에는 무엇보다 소월을 들 수 있을 것이다. 그는 자기 할아버지가 광산업을 한 덕택에 이 경제적 기반을 바탕으로 도쿄상과대학에 입학했다. 하지만 졸업에까지 이르지는 못했다. 그가 유학하던 시절에 일어난 간토대지진과, 그 여파로 자행된 조선인 학살에 충격을 받아 학업을 진행하지 못한 것이다.

소월뿐 아니라 우리 근대문학의 기수 가운데 하나인 이상 또한 기억되는 존재이다. 이상은 소월보다 10여 년 뒤인 1937년에 도쿄에 있었고, 이곳에서 죽었다. 그는 도쿄의 한 대학병원에서 폐결핵으로 죽어가면서 레몬이 먹고 싶다고 한 것이다. 결핵이라는 소모병이 주는 갈증이 얼마나 큰 것이었으면 숨이 넘어가면서까지 레몬을 달라고 했겠는가.

여기에 안용만 역시 기억되어야 할 작가 가운데 하나이다. 그는 도쿄의 한 지역을 소재로 작품을 썼거니와 「강동의 봄」이 그것이다. 강동이란 도쿄의 동남쪽에 위치한다. 그는 여기서 부모와 함께 기거하면서 자신의 노동 체험을 길러준 이 강을 "생활의 강, 아라가와"라고 하며 친밀한 정서를 표현한 바 있다.

이런 생각의 실타래 속에서 나리타 공항에서 가와사키로 가는 철도와 전철에 몸을 실었다. 그런데 지나가는 역들을 보다가 눈에 번쩍 띄는 역이 있었다. 바로 시나가와역(品川驛)이었다.

시가나와역, 곧 품천역이란 어떤 곳인가. 도쿄역과 요코하마의 중간기착지가 품천역이다. 하지만, 이런 물리적인 사실보다도 더 중요한 것은 이 역이 근대 한국 문학사에서 결코 잊혀서는 안 되는 지역 가운데 하나라는 사실이다. 이런 문학사적 의미를 주고 있는 것이 나카노 시게하루(中夜重治)의 「비 나리는 품천역」이다. 그 일부를 소개한다.

　　신(辛)이여 잘 가거라
　　김(金)이여 잘 가거라

그대들은 비 오는 품천역에서 차에 오르는구나

이(李)여 잘 가거라

또 한 분의 이(李)여 잘 가거라

그대들은 그대들의 부모의 나라로 돌아가는구나

(중략)

오오!

조선의 산아이요 계집아인 그대들

머리끗 뼈끗까지 꿋꿋한 동무

일본 푸로레타리아—트의 압짭이요 뒷군

가거든 그 딱딱하고 두터운 번질번질한 얼음장을 투딜여 깨쳐라

오래동안 갇혔던 물로 분방한 홍수를 지여라

그리고 또다시 해협을 건너뛰여 닥쳐 오너라

이 작품이 쓰여진 것은 1929년이다. 일본에서 모종의 독립 사건에 연루되어 조선으로 쫓겨가는 작가들을 위해서 시게하루가 쓴 시이다. 부제는 "이북만(李北滿), 김호영(金浩永)에게"로 되어 있다. 이 시는 조선인 노동자에 대한 안타까움과 분노의 정서가 동반되어 쓰여진 것이다. 그리하여 "언젠가 그대들은 다시 현해탄을 건너와 그대들을 쫓아낸 'X'를 'X'로 잡아 복수하라"는 것이 이 시의 주제이다.

여기서 나오는 '이(李)'란 아마도 이북명을 의미할 것이다. 이북명은 카프 작가 가운데 드물게 노동이나 노동자를 소재로 작품을 쓴 소설가이다. 그리고 또 다른 '이(李)'란 아마도 이북명의 여동생 이귀례, 곧 임화의 부인이 아닌가 한다. 이 시절 임화는 이북명의 집에서 기거하고 있었고, 그런 인연 탓에 그녀와 연인이 되었던 것으로 판단된다.

「비나리는 품천역」은 나카노 시게하루의 작품으로 끝나지 않았는데, 이 시에 대한 답으로 임화가 또 한 편의 시를 썼기 때문이다. 그것이 바로 「우산 받은 요코하마의 부두」이다. 요코하마는 도쿄 밑의 항구도시이고, 여기를 가기 위해서는 시나가와역을 반드시 거쳐야 했다. 시나가와와 요코하마가 한 편의 시로 연결될 수 있었던 근거는 여기서 비롯된다.

임화와 이북명 등은 제국주의 땅으로부터 추방되면서 이곳 시나가와역에서 요코하마 항구로 가는 기차를 탔을 것이다. 나카노는 그 한 단면을 포착하여 「비 나리는 품천역」을 썼고, 임화는 이에 화답하여 「우산 받은 요코하마의 부두」를 쓴 것이다. 그 일부를 소개한다.

　　항구의 계집애야! 이국의 계집애야!
　　도크를 뛰어오지 말아라 도크는 비에 젖었고

내 가슴은 떠나가는 서러움과 내어쫓기는 분함에 불이 타는데
오오 사랑하는 항구 요코하마의 계집애야!
도크를 뛰어오지 말아라 난간은 비에 젖어 왔다

"그나마도 천기가 좋은 날이었더라면?……"
아니다 아니다 그것은 소용없는 너만의 불쌍한 말이다
너의 나라는 비가 와서 이 도크가 떠나가거나
불쌍한 네가 울고 울어서 좁다란 목이 미어지거나
이국의 반역 청년인 나를 머물게 두지 않으리라
불쌍한 항구의 계집애야 울지도 말아라

추방이란 표를 등에다 지고 크나큰 이 부두를 나오는 너의 사
나이도 모르지 않는다
더구나 너는 이국의 계집애 나는 식민지의 사나이
그러나 오직 한 가지 이유는
너와 나 우리들은 한낱 근로하는 형제이었던 때문이다

그리하여 우리는 다만 한 일을 위하여
두 개 다른 나라의 목숨이 한 가지 밥을 먹었던 것이며
너와 나는 사랑에 살아왔던 것이다

오오 사랑하는 요코하마의 계집애야

비는 바다 위에 내리며 물결은 바람에 이는데

나는 지금 이 땅에 남은 것을 다 두고

나의 어머니 아버지 나라로 돌아가려고

태평양 바다 위에 떠서 있다

이 작품이 쓰여진 것도 1929년 후반이다. 「우산 받은 요코하마의 부두」는 당시 제국주의의 도시들이 어떤 상황에 놓여 있는가를 어렴풋이 알 수 있게 해준다는 점에서 의미있다. 자정 통제를 알리는 사이렌 소리, 하루를 완결하기 위해 나오는 기미가요가 그러하고, 다른 한편으로는 제국에 저항하는 힘들이 곳곳에 드리워져 있는 모습들이 등장하고 있다는 점에서 그러하다. 뿐만 아니라 근로하는 주체들의 연대성이 드러나 있기도 하고, 이런 연대성 속에서 솟아나는 청춘 남녀의 사랑의 정서 또한 읽어낼 수 있다는 점에서 흥미롭기도 하다.

시나가와역에 대한 경험은 이번 여행에서 전혀 기대하지 않았던 결과였다. '갑자기'라든가 '문득'이 얼마나 소중한 것이고, 그런 순간의 정서가 사람의 의식에 꽂히는 충격이 어떤 것인지를 말해준다는 점에서 이 돌발적인 경험은 대단히 신선한 것이었다 할 수 있다. 이런 순간의 황홀 속에서 현재의 의식이 과거의 역사 속으로 쉽게 빨려들어가는 것은 자연스러운 현상일 것이다. 추방되어 쫓겨가는 이북명, 이귀례, 임화가 시나가와역에서 요코하마행 기차로 올라타는 모습이 바로 그러하다. 이는 현실 속에서는 불가능한 환상에 불과하지만, 100년 전의 일이 지금 여기서 막 일어나는 일처럼 경험되는 일이야말로 시나가와 지역의 여행만이 줄 수 있는 색다른 감흥 가운데 하나일 것이다.

〈불멸의 이순신〉에서 배우는 생존의 지혜

　　　　　　책을 주로 보아야 하는 직업이다 보니 TV나 영화 등 영상 매체를 가까이 하는 기회가 드물다. 뿐만 아니라 시간도 여유롭지 않거니와 영상 속의 구현되고 있는 내용이나 배우 역시 썩 가슴에 와닿지 않는 이유도 있을 것이다. 그런데도 지난겨울 방학 때 마음먹고 드라마 한 편, 아니 시리즈 한 편을, 정말 귀한 시간을 내서 전부 보았다. 예전에 방영했던 〈불멸의 이순신〉이다. 처음 방영될 때에는 시간에 쫓겨서 군데군데 빼먹은 장면들이 많아서, 이번에야말로 그 완결성을 위해, 그리고 아쉬움을 달래려고 모두 보았던 것이다. 물론 이런 시도가 가능해진 것은 BTV를 비롯한 주문형 방송, 곧 인터넷 방송이 있었기 때문이다.

　예전의 아쉬움이 있었다고는 하지만, 〈불멸의 이순신〉을 다시 본 데에는 또 다른 이유가 있었다. 얼마 전 영화화되었던 〈명량해전〉이 그 하나의 이유이고, 작금에 펼쳐지고 있는 우리 주변의 상황이 다른 하나의 이유일 것이다.

이순신이란 누구인가. 아마도 한국인이라면 세종과 더불어 가장 기억에 남는 존재, 아니 남아야 할 존재가 이순신일 것이다. 내가 이순신이란 존재에 대해 처음 안 것은 초등학교 3학년 어느 때인 것으로 알고 있다. 어떤 이유 때문인지는 몰라도 학교에서 단체로 영화관에 보내줘서 영화를 보았는데, 그 영화가 바로 이순신에 대한 것이었다. 입장료에 대한 기억은 없다. 다만 영화를 볼 정도의 형편은 안 되었기에 아마도 공짜였을 것이다. 이 영화에서 얻은 인상은 원균은 간신(물론 왜곡된 것이지만)이었고, 이순신은 충신이라는 정도였다.

그 뒤 이순신에 대한 두 번째 기억은 아마도 사관학교를 응시할 때라고 생각된다. 집안 형편이 어려워 대학을 갈 수는 없어서 공짜인 이 학교에 반드시 붙어야만 했다. 필기 시험 후 면접이 있었고, 여기서 잘 해야 합격할 수 있었다. 이곳이 사관학교이다 보니 면접자의 비위를 맞추기 위해 제대로 된 장군상을 말할 필요가 있었다. 그런 조건에 가장 들어맞는 존재를 찾아야 했고, 그 결과 나의 가장 존경하는 사람은 이순신이 되어야 했다. 물론 다른 이유로 보기 좋게 이 학교에 낙방하긴 했지만,

이순신은 이렇듯 알게 모르게 나의 가슴에 자리하고 있었던 것이다.

이순신에 대한 그러한 어렴풋한 기억이 강력히 부활하게 된 계기는 드라마 〈불멸의 이순신〉이었다. 이를 계기로 이 드라마의 원작이 되었던 김훈의『칼의 노래』와 김탁환의『불멸』을 더불어 읽은 것은 물론이다. 그러나 소설보다 드라마가 더 강한 자장으로 다가오게 되었는데, 이는 영상 매체가 주는 입체성과 시각성 때문일 것이다.

임진왜란은 히데요시의 허황된 욕망과, 전국시대 이후 펼쳐진 일본의 복잡한 상황이 만들어낸 전쟁이었다. 그리고 이 전쟁을 가능케 한 또 다른 동인은 바로 조선의 허약한 국방력일 것이다. 만약 조선의 힘이 강대했다면, 왜군은 감히 조선을 넘보지 못했을 것이다. 어떻든 전쟁을 용의주도하게 준비한 히데요시를 비롯한 일본 군부가 미처 파악하지 못한 것이 있었는데, 바로 이순신이라는 존재였다. 일본에 히데요시가 있었다면, 조선에는 이순신이 있었던 것이다.

이 전쟁은 무능한 조정, 아니 비겁한 선조가 없었다면, 보다 쉽게 끝날 수도 있었을 것이다. 그러나 이런 가당치 않은 요소들이 이순신의 능력을 폄하시켰거니와 전쟁 또한 어렵게 진행되었다. 그러나 이순신은 그런 어려운 여건조차도 슬기롭게 헤

〈불멸의 이순신〉에서 배우는 생존의 지혜

쳐 나갈 수 있는 재주를 갖고 있었다. 내가 이 드라마에서 가장 감명 깊게 보았던 장면은 두 군데이다. 하나는 이순신이 체포되는 장면이고, 다른 하나는 13척으로 왜선 330척과 대결하는 명량해전의 장면이다.

이순신은 한양으로 압송되면 죽을 운명에 놓여 있었고, 이를 안 부하들은 끝까지 반대하며 저항하고자 했다. 그런데 이순신은 "조선이라는 이름으로 하나가 되자"며 부하들의 행동을 극구 제지했다. 분열이야말로 가장 큰 망국의 요인으로 본 것이다. 두 번째는 명량해전을 앞둔 이순신의 명연설이다. "사즉생, 생즉사(死卽生 生卽死, 죽고자 하면 살 것이고, 살고자 하면 죽을 것이다)"라고 하며 사자후를 토하는 이순신의 이 카리스마 넘치는 연설은 청중을 압도하기에 충분했다. 그런 자신감에 토대를 둔 지도력은 이미 왜선이 그 얼마이든 전혀 문제가 될 수 없었다.

국가에 대한 충성심, 민족애야말로 〈불멸의 이순신〉이 갖는 대단한 교훈이다. 이렇게 본받을 만한 충성심이 있기에 북쪽에서도 이 드라마가 무척 인상 깊었는가 보다. 김정일 국방위원장이 관료들의, 국가에 대한 충성심을 함양시키기 위해 한 번씩은 보아야 한다고 지침을 내렸다고 했다니 말이다. 들려오는 풍문이니 확인할 길은 없다.

역사에 대한 가정만큼 허망한 것도 없지만, 만약 임진왜란

당시 이순신이 없었다면, 조선의 미래는 어떠했을까. 아마 지금 여기의 대한민국이라는 나라가 존재했을까. 정예화한 20만 명, 그것도 조총이라는 최첨단 무기로 무장한 왜병을, 이순신이 아니라면 도대체 어찌 물리칠 수 있었을까.

　우리를 지키는 것은 우리 자신의 강력한 힘이다. 우방은 그저 우방일 뿐, 그들이 우리를 지켜주는 것은 아니다. 지금 우리는 매우 위험한 상황과 시간 속에 놓여 있다. 그 해법은 어려워 보인다. 그 해법의 실마리를 이 드라마 속에서 찾을 수 있지 않을까. 바로 힘이다. 이것이 드라마 〈불멸의 이순신〉을 보아야 하는 이유이다. 힘이란 말이 아니라 준비와 지혜 속에 얻어지는바, 우리는 〈불멸의 이순신〉 속에서 그 일단을 시사받을 수 있을 것이다.

■ 교육문화백서, 2018년

〈불멸의 이순신〉에서 배우는 생존의 지혜

「진달래꽃」과 아름다운 이별

봄이다. 계절에 맞게 온 산천이 꽃대궐이다. 이런 꽃들 가운데 가장 먼저 눈에 띄는 것이 진달래와 개나리이다. 진달래가 주로 산에 있는 꽃이라면, 개나리는 길거리나 담장 주변에 있는 꽃이다. 이 두 가지 꽃이 봄을 대표하는 것인데, 그중에 하나를 굳이 선택하라고 하면, 단연 진달래이다. 이유는 두 가지에서 그러하다. 하나는 우리 산천 곳곳에 가장 많이 피는 꽃이기에 그러하고, 다른 하나는 이를 소재로 쓴 소월의 「진달래꽃」 때문이다.

소월이 「진달래꽃」을 처음 발표한 것은 1922년 『개벽』을 통해서다. 그러니까 이 작품이 발표된 것이 올해로 정확히 100년이 되는 셈이다. 이 시는 발표될 당시에도 그러했지만, 현재에 이르러서도 우리나라 사람들이 가장 애송하는 작품이다. 그만큼 우리에게 친숙성과 보편성을 갖고 있다는 뜻이 될 것이다. 그러한 감각은 이렇게 만들어지지 않았나 한다. 하나는 작품의 소재인 이 꽃이 우리 모두에게 공유되는 편재성이 있다는 것이고, 다른 하나는 이 작품 속에 담긴 보편성이 있다는 것이다.

잘 알려진 바와 같이 「진달래꽃」의 주제는 이별의 정한이다. 작품 속의 화자는 떠나는 임에 대해 살뜰히 그리운 감정을 갖고 있다. 하지만 그 임은 화자의 이런 마음에 대해 별반 관심이 없는 듯하다. 어떻든 무언가 자신의 마음에 맞지 않은 것이 있었기에 떠나기로 작정한 것이리라. 이렇게 무정한 사람임에도 불구하고 화자는 그를 다시 붙잡아보려 했다. 그래서 산천에 지천으로 핀 진달래꽃을 가시는 임의 앞길에 고이 뿌리게 된다. 혹시나 이런 정성을 이해하고 마음을 돌리지나 않을까 하는 기대가 있었으리라. 하지만 한번 떠난 임은 다시 돌아올 리가 없다. 화자는 이런 현실을 받아들이고 이내 쓰디쓴 눈물을 삼키며 이를 자기반성의 계기로 만드는 성숙성을 보여준다. 이것이 이 작품의 주제이다.

우리는 현대를 살아가면서 많은 이별의 상황을 만들고 또 이를 겪으며 살아간다. 가령, 부모와의 사별도 있을 수 있고, 또 친구 간의 이별도 있을 수 있으며, 자신이 속한 직장과의 이별이나 한때 자신의 지도자였던 사람과의 이별도 있을 수 있다.

그리고 소월처럼 사랑하는 임과의 이별도 당연히 있을 것이다. 이렇듯 우리는 이별이 일상화된 삶을 살아가고 있다. 이별은 경우에 따라 슬픈 것이 될 수도 있고, 아름다운 것이 될 수도 있다. 또 소월의 경우처럼 마음 저리는 아픈 것일 수도 있다. 하지만 중요한 것은 그것이 어떤 것이든 궁극적으로는 나의, 혹은 우리의 몫이라는 점이다.

우리는 지금 다양한 형태의 이별을 경험하기도 하고 응시하기도 한다. 떠나가는 임에 대한 아픈 정서를 승화시키지 못해서 자학하는 사람이 있는가 하면, 범죄를 일으키는 사람도 있다. 뿐만 아니라 자신이 몸담았던 직장으로부터 떠나가는 사람에게 칭찬의 말을 주기도 하지만, 돌을 던지는 경우도 있다. 어디 그뿐인가. 한 나라를 이끌었던 지도자에 대해서는 어떤 수고의 말을 주기도 하지만, 온갖 비난과 혐오의 담론을 던지기도 한다.

인간은 다른 사람을 비난하고 욕하는 데에 쉽게 길드는 것 같다. 누구를 칭찬하려고 하는 사람보다 누구를 욕하고 흉보는 사람이 더 많게 느껴지는 까닭이다. 하지만 다른 사람에 대해 좋지 않은 말을 하는 사람보다는 칭찬하는 사람이 더 신뢰가 가고 또 인격적으로 좋아 보인다. 그런데 우리 주변에서 이런 사람들을 찾아보는 것이 어렵다는 것에 문제의 심각성이 있다.

특히나 떠나가는 사람에게 돌을 던지는 경우를 우리 주변에서 흔히 보게 된다.

이런 현상들은 이별 연습이 충분히 되어 있지 않은 탓이 크다. 우리는 아름다운 이별 연습을 할 필요가 있다. 일찍이 100년 전에 소월은 「진달래꽃」을 통해서 그러한 이별의 모습을 우리에게 적나라하게 보여준 바 있다. 자신이 겪은 쓰라린 고통과 형언할 수 없는 슬픔을 화자는 진달래꽃을 통해서 아름답게 승화시키고자 했다. 이제 떠나가는 사람 뒤에 돌이 아니라 선홍빛 아름다운 진달래꽃을 던져줄 수 있는 사람이 되어야 할 때가 되었다. 그것이야말로 우리가 진정 성숙했다는 반증이 아닐까. 불타오르듯 피어나는 진달래꽃이 산천을 뒤덮듯이 우리의 마음속에 혹시나 남겨져 있을 미움 또한 소월이 했던 것처럼 그렇게 덮을 일이다.

■ 중도일보, 2022년 4월 12일

「진달래꽃」과 아름다운 이별

윤리의 잣대와 문학의 빈곤

일제강점기의 문학, 그 가운데 시를 읽고 이해하다 보면 늘상 걸리는 문제가 있다. 시 속에 쓰인 이 단어가 의미하는 것이 무엇일까. 그리고 이 구절은 또한 어떠한가라고 말이다. 이는 혹시나 항일이나 친일과 같은 숨겨진 의미가 있는 것이 아닐까 하는 의구심과 관련된다. 이런 현상들은 문학이 갖고 있는 함축적 의미, 곧 숨겨져 있는 의미가 항상 존재하기에 생겨난다.

그런데 문제는 이 은폐된 의미를 읽는 사람의 관점에 따라 달리 해석할 때 일어난다. 그리하여 어떤 시인은 하나의 단어나 구절 때문에 갑자기 친일 작가의 오명을 쓰게 되고, 또 다른 시인은 저항 작가의 반열에 오르기도 한다. 전자를 대표하는 작가로는 「수」를 쓴 유치환이고, 후자를 대표하는 작가로는 「빼앗긴 들에도 봄은 오는가」를 쓴 이상화를 들 수 있다.

　사람들은 타인들에 대해 분류나 구분짓는 행위를 무척 좋아하는 것 같다. 문학에서는 '○○파' 등이 많은 것이라든가 사회에서 흔히 규정되는 '○○파' 등이 그러하다. 좌파니 우파니 하는 편가름이나 진영 논리 역시 마찬가지이다. 그런데 이런 구분들이 얼마나 허망한가는 숫자를 통해서 대번에 확인된다. 5천만이 넘는 국민들을 어떻게 좌우로 나눌 수 있으며, 또한 이분법적인 진영 논리의 감옥에 가둘 수 있는 것인가. 이들 사이에 내재하는 사유의 미묘한 간극이나 접점들은 쉽게 무시되어도 좋은 것인가.

　문학을 공부한다고 하니 많은 사람들은 쉽게 묻고 단정하는 것이 있다. 친일파의 문제이다. 가령, "서정주는 친일 작가인데 이를 어떻게 생각하시나요?"와 같은 질문을 수시로 받게 된다. 곤란한 것은 여기에 곧바로 답을 주기도 어렵거니와 질문자는 대개 이런 답을 원하는 듯싶다. "그 사람은 그릇된 길을 걸었으니 아주 훌륭하지 못한 작가"라는 답 말이다. 그런데 이 또한 단순한 이분법의 논리가 만들어낸 결과라는 점에서 흔히 회자되는 진영 논리와 하등 다를 것이 없다. 인간의 복잡 다단한 심리를 하나의 기준으로 정확히 나누는 일은 가능하지가 않은 까닭이다.

　　　　　　　　　　　　윤리의 잣대와 문학의 빈곤

일제강점기를 살았던 문인들이 친일의 유혹이나 압력으로부터 벗어나는 것은 어려운 일이었다. 특히 그 시기가 심했던 것은 1930년대 말과 40년대 초였다. 이때는 내선일체가 강요되던 시기였기에 더욱 그러했는데, 이 힘으로부터 벗어나는 일은 대단히 어려운 것이었고, 이를 거부한다는 것은 작가로서의 생활을 포기하는 일이었다. 그리고 다른 하나는 환경적 요인을 들수 있을 것이다. 잘 알려진 바와 같이 일제는 미국과 태평양 전쟁을 준비할 정도로 날로 강성해지고 있었다. 이런 위세 앞에 민족의 정체성이랄까 민족의 독립이라는 것이 과연 가능할까 하는 의구심이 생기는 것은 당연한 것이었다.

노천명은 「유명하다는 것」이라는 시에서 이름이 제법 알려진 문인들을 이용하려는 제국주의자들의 올가미로부터 벗어나기 어려운 현실적 고민을 토로한 바 있다. 만약 무명의 존재였다면 자신은 결코 친일의 덫에 걸리지 않았다는 항변일 것이다. 이 시기에 누구나 심훈이나 이육사와 같은 저항시인이 될수는 없었을 것이다. 그리고 이들을 기준으로 해서 그 반대편에 있었던 시인들을 재단하고 평가하는 것도 옳은 일이 아니다. 1940년대 전후는 '조선적인 것'의 징후나 흔적이 점점 사라지는 시기이다. 그와 동시에 조선의 독립도 거의 불가능하게 비춰지던 시기이기도 했다. 이때 조선의 언어나 풍속, 문화에 대한 조그마한 흔적이라도 붙잡아낼 수 있다면, 그는 독립운동의 큰 차원은 아니더라도 약소하나마 소소한 차원의 일을 했다고 보아야 한다.

　강요에 의한 행동과 자발적인 행동에 의해 이루어진 것들은 분명 구분되어야 한다. 후자에 이루어진 친일은 당연히 비난받아야 마땅하다. 하지만 너무 엄격한 윤리적 잣대는 시인을, 한 나라의 문화를 송두리째 무너뜨리게 된다. 일찍이 서정주는 「자화상」에서 "애비는 종이었다"라고 자신의 조상을 거칠게 비하한 바 있다. '종'이라는 신분 계급을 만든 것은 조선이었다. '종'의 신분으로 살아온 자에게 국가에 대한 부채 의식이 과연 있었을까. 국가로부터 보호받지 못한 개인에게 지나친 충성심, 곧 국가적 윤리를 요구하는 것은 그저 또 다른 강요일 뿐이다.

■ 중도일보, 2024년 1월 30일

　　　　　　　　　　　윤리의 잣대와 문학의 빈곤

야만의 사회와 노벨문학상

　　　　　　　　문학계, 아니 우리나라 사람들의 숙원이었던 노벨문학상이 나왔다. 노벨위원회가 평화상이라든가 문학상을 수여하는 목적은 분명하다. 인류의 평화라든가 어떤 보편적 가치에 대한 확고한 신념이 있는 문학들을 선정의 기준으로 정하고 있기 때문이다. 한강의 『채식주의자』, 『소년이 온다』, 『작별하지 않는다』 등이 노벨문학상을 수여하게 한 주요 작품들인데, 여기서 다루고 있는 소재들은 한국 현대사에서 펼쳐졌던 아픈 역사들이다. 제주 4·3사건과 광주민주화운동 등등인데, 작품의 주제는 거대 권력에 의해 저질러진 폭력과 그에 희생당한 사람들의 이야기이다.

　　2024년도 노벨문학상 위원회가 주목한 것은 생명이라는 인류 보편의 가치이다. 지금 지구상에는 커다란 전쟁들이 벌어지고 있다. 러시아와 우크라이나 사이의 전쟁, 그리고 이스라엘과 그 주변을 둘러싸고 있는 중동 세력과의 전쟁이다. 전쟁이란 거대 권력이 힘없는 민중들에게 저지르는 폭력일 뿐이다.

작가 한강은 우리 현대사의 비극적 상황에 대해 직접 체험한 세대가 아니다. 그럼에도 그 아픈 현장을 외면할 수 없어서, 아니 당연히 참여해야만 하는 의무감에 놓여 있었다. 그래서 작가는 그 현장으로 들어가기 위한 문학적 장치를 고안하게 되는데, 그것이 바로 꿈의 형식이다. 그러니까 꿈은 작가가 과거의 현실과 현재의 펜이 만나는 주요 통로인 셈이다.

작가는 꿈이라는 매개를 통해 접목된 과거의 역사 속으로 스며들어간다. 거기서 작가는 특정 집단이 자신들의 그릇된 욕망을 실현시키기 위해 저질렀던 무자비한 학살, 권력의 부당함을 목격하게 된다. 그리하여 그 상처를, 그 트라우마를 분수처럼 뽑아낸다. 상처란 그것의 드러냄을 통해서만이 비로소 치유될 수 있음을 알기 때문이다.

우리는 어떤 폭력에 의해 저질러진 피해자가 생겨나면 그를 적극 보호하게 된다. 그래서 2차 가해니 3차 가해니 하는 말의 성찬을 쏟아내며 가해자의 모습이나 그의 입장에 선 담론들을 적극 지우고자 한다. 그런데 제주 4 · 3사건이나 광주민주화운동은 이런 보호 테두리로부터 멀리 벗어나 있었다. 그래서 계

야만의 사회와 노벨문학상

속된 상처들이 정치적 무의식(political unconsciousness)이 되어 켜켜이 쌓여왔다. 결코 환기하고 싶지 않은 가해자의 얼굴을 통치자라는 이름으로 7년여를 보았거니와 그 이후로도 그 잔영은 삭제되지 않은 채 현재진행형으로 남아 있었다. 어느 신문 기자가 이렇게 쓴 기사를 본 적이 있다. "그 가해자는 정치는 비교적 잘했다"는 어느 후보의 말을 전하면서, 이를 두고 "보수의 표심을 자극했다"고 했다. 선거 또한 이에 어느 정도 부응했다. 그렇다면 보수란 반대편의 사람들이 학살되고, 그리하여 생명이라는 보편적 가치가 아무렇게나 짓밟혀도 좋다는 뜻인가. 이런 망발이 난무할 때 관련 단체 외 어느 집단도 이를 2차 가해, 3차 가해라고 항변한 적이 있는가. 피해자들의 무의식에 쌓이고 쌓인 분노가 '소년'으로 다시 환생하여 이 부당한 현실에 대해 항변한 것이『소년이 온다』이다.

한강은 이런 야만적인 현실에 펜으로써 저항한 것이고, 노벨위원회는 작가의 그런 저항 정신에 손을 들어준 것이다. 한국 사회에는 여전히 문명 사회에서는 용인될 수 없는 원시적 야만이 존재한다. "개는 패서 죽여야 맛이 있다"는 근거 없는 통설에 기대어 개가 죽을 때까지 차에 매달고 달리는 야만이 펼쳐지거나(『채식주의자』). 생명이라는 인간의 가치가 이념이나 지역이라는 이름으로 통렬하게 포기된 현장이 목격된다(『작별하지 않는다』).

　노벨위원회는 이 비극적 사건들이 이들만의 비극이 아님을 알리고자 했다. 차단된 바위섬이 아니라 세계사적 보편사의 공간으로 거듭 태어났기에 이제 한강은, 그리고 우리는 비로소 이 아픈 역사들과 작별할 수 있을 것이다. 광주 등에서 벌어진 생명 모독이라는 보편적 가치의 훼손이 그저 남의 일처럼 받아들여지고 있는 현실, 이런 단면이야말로 우리가 서구의 문명국과 대등한 위치로 편입될 수 없는 이유일 것이다. 노벨위원회는 이 땅의 이런 야만적 현실을 한강의 작품을 통해서 경고한 것, 그것이 이번 노벨상이 주는 구경적 의의이다.

■ 중도일보, 2024년 12월 10일

　　　　　　　　야만의 사회와 노벨문학상

첫사랑을 노래하던 시인의 분노

                     유진오는 전주 출신이고 1922년에 태어났다. 「김강사와 T교수」를 쓴, 고려대 총장을 지낸 현민 유진오의 친척이자 끝의 한자 하나만 다른 동명이인이기도 하다. 전자는 숫자 오(五)인 반면 후자는 낮 오(午) 자를 쓴다.

    유진오가 문단에 언제 데뷔한 지는 정확히 알려진 것은 없다. 그가 주로 활동하던 시기는 해방 직후이다. 유진오가 본격적으로 작품 활동을 시작한 것은 1945년 11월 『민중조선』에 시 「피리ㅅ소리」를 발표하면서부터인데, 이 잡지의 발행인 겸 편집인이 김상훈(1919년 경남 거창군 가조면 출생이고, 월북한 이후로 행방이 묘연한 인물이다. 유진오와 달리 서대문 형무소에 수감되어 있다가 남쪽 정부가 급히 후퇴한 덕분에 살아난 인물이다.)으로 되어 있으니, 그의 작품 활동은 김상훈과의 우정, 그리고 그의 권유에 의해서 이루어진 것으로 보아야 한다.

유진오가 해방 직후부터 곧바로 현실저항적인 시를 쓴 것은 아니다. 그는 자신의 첫사랑이었던 여인이 잘 살고 있는지가 궁금하여 그녀가 살고 있는 집에 찾아갈 정도로 순박한 청년이었다. 그 감수성을 담은 시가 「순이」이다.

그리움이여─
천리길을 내달었도다

얼골도 말소리도 모르는
이따금 날러드는 平凡한 葉書조각에
흘리운 듯 팔리운 듯 그리웠든 이

꿈결같은 이야기……
지난날 허고 많은 주림과 슬픔
목마른 바램의 끝없는 새암 줄기

이제는 새 새악시 얌전한 안악
도란도란 이야기는 웃음에 차서……

　　　　　　　　첫사랑을 노래하던 시인의 분노

머얼리 바라만 보듯 듣기만 하고
눈섭 하나 까딱이지 못한 채
사뿐히 놓여지지 안는 발길은
천리(千里)길을 되가야 하나니

배운 건 한 가지나
잃은 건 열 가지나 되는 듯
절름거리는 마음 무척 서글퍼

안타까움이여……
천리(千里)길은 아득하도다

유진오는 자신의 첫사랑이었던 순이를 잊지 못하고 늘 그리
워하고 있었다. 그 애틋한 정서는 순이가 시집간 이후에도 변
치 않았다. 그래서 한번은 순이가 어떻게 사는지 궁금해서 그
녀가 살고 있는 집을 몰래 가본다. 하지만 그녀는 다른 사람의
부인으로 그 삶에 만족하여 살아가는 인물로 바뀌어 있었다.
이런 모습이 한편으로는 안심이 되기도 했지만 유진오 자신을
잃어버린 것이 아닌가 하는 생각으로 슬픔에 젖기도 한다.
이렇듯 유진오는 자신의 "첫사랑이었던 순이가 시집가는 모

습과 그녀가 일상의 삶을 살아가는 모습을 멀리서 안타깝게 응시하던" 그저 평범한 서정시인이었다. 하지만 그의 이런 정서는 해방 공간에서 펼쳐지던 친일 부역자들의 모습을 보면서 바뀌게 된다. "개나리 피어 흐늘어지면/안개같은 몬지를 풍기며/요정집에 달려가는 자동차를 눈을 흘기며"(「나는야 거기 이름없는 풀잎이 되어」) 자란 터인데, 해방이 되어서도 이들의 모습은 여전히 현재진행형이었기 때문이다. 단죄를 받을줄 알았던 그들의 모습이 똑같이 해방 공간에서도 "먼지 날리며 여전히 요정집을 드나드는 것"이 그의 심연에 감춰져 있던 저항의 샘에 불길을 당긴 것이다.

유진오의 분노는 이런 엉터리 같은 현실에서 시작되었다. 하지만 해방 공간의 현실은 시인의 순진한 분노를 받아줄 만한 것이 못 되었거니와 그가 행한 분노의 대가는 매우 큰 것이었다. 그 저항의 과정에서는 그는 체포되는 운명을 맞이했고 이내 사형선고를 받았기 때문이다. 그런데 친척이기도 하고 당시 잘 나가던 우익 인사였던 동명이인 유진오의 구명으로 사형은 면하게 된다.

그리고 전쟁이 발발했고 유진오는 보도연맹의 일원이 되어서 전주 형무소로 이감되었다. 그는 거기서 석방되지 못하고 좌익계 인사들을 정리하는 과정에서 최후를 맞이하게 된다. 전주 형무소에 있던 그는 인민군이 이곳에 들어오기 직전 처형되고 만 것이다. 그런데 이때 죽지 않았다는 설도 있다. 처형 직전 가산을 모두 정리한 그의 어머니가 처형 책임자에게 전 재산을 주고 그를 처형장에서 구해냈다는 말이 전하기도 한다. 하지만 이 이후 그의 행적이 어디에서도 드러나지 않고 있는 것으로 보아 이때 처형된 게 확실해 보인다.

유진오의 죄는 정의가 상실된 시대가 준 폭력이 만든 것이다. 일제강점기에 먼지 날리며 요정집에 드나들었던 자들이 다시 해방 공간에서도 똑같이 이를 반복하는 현실에 대해 분노한 것, 그것이 그가 받은 죄였기 때문이다.

비운의 민족주의자 설정식

설정식은 1912년 함남 단천 출신이고 전쟁 직후인 1953년에 죽었다. 한국 시사에서 설정식을 기억해야 하는 것에는 특별한 이유가 있다. 그는 일제강점기의 매우 드문 사례 가운데 하나인 미국 유학생 출신이기 때문이다.

그는 오하이오주 마운틴대학에서 영문학을 전공했거니와 이 시기 제국의 언어인 영어를 할 줄 안다는 것은 매우 좋은 기회를 제공해주었다. 봉건시대의 한자, 일제강점기의 일어 사용이 식자층이라든가 상류 사회를 형성했던 것처럼, 새로운 제국의 중심으로 떠오르고 있는 언어를 사용한다는 것이야말로 이 시대를 가장 앞서 나가는 일과 같은 것이었기 때문이다.

이런 기대대로 설정식은 해방 직후 미군정청 공보과장이라는 안정되고 힘있는 자리에 앉게 된다. 하지만 그는 이 자리에 오래 있지 못한다. 자신이 생각했던 미국과, 조선에서 그들이 보여주었던 모습과의 차이로 말미암아 그는 더 이상 미군정청 자리를 지키지 못한 것이다. 그는 해방 공간에서 『종』, 『제신의 분노』, 『포도』 등의 시집을 펴내는 한편 「프란시스 두셋」, 「한 화가의 최후」라는 소설을 쓰기도 하면서 왕성한 창작활동을 보여주었다. 뿐만 아니라 우리나라에서는 거의 최초라 할 수 있는 셰익스피어의 『햄릿』 등을 번역, 출판하기도 했다.

이러한 그의 창작 활동 가운데 주목해야 할 부분은 산문 양식, 보다 정확하게는 소설 분야였다. 그는 산문이 갖는 솔직성을 통해서 해방 공간이라는 짧은 시간 동안 점점 변모해가는 자신의 미국관을 드러내었기 때문이다. 이를 표현한 작품이 「한 화가의 최후」이다. 여기서 설정식은 자신과 미국 사이에 놓인 이질성을, 엠파이어 스테이트 빌딩에서 자살한 '쩨롬스키'라는 인물을 통해 표현했다. 그리고 또 하나 이 시기 그의 정신 분야를 일러주는 또 하나의 글이 있다. 바로 이 시기 그와 친분을 나눈 헝가리인 친구, 티보 머레이의 글이다. 그는 머레이와 대담에서 자신이 갖고 있는 미국관을 이렇게 말했다.

나는 미국인이 나를 쌍수를 들어 받아들인 것이 당연하다고 생각한다. 나로 말하면 오하이오주의 대학을 나왔고, 영어를 잘

하고, 무엇보다도 그들이 나를 필요로 하였던 것이다. 그러나 나는 미국인들에게 실망하였던 것이다. 나는 미국이 자기네 군사기지가 있는 나라에 대한 관심보다 군사기지 자체에 더 많은 관심을 갖고 있다는 것, 그리고 해방직후 부패와 인권에는 관심이 없고 무자비한 독재자 이승만만 전폭적으로 믿고 있다는 것도 알게 되었다." (머레이, 「한 시인의 추억, 설정식의 비극」)

이런 깨달음 뒤에, 그는 1947년 미군정청을 그만두고 민주운동에 적극 나서게 된다. 그가 공산당 지하조직에 가담하기 시작한 것은 아마도 이때쯤이 아닌가 한다. "붉은 아가웨 열매를 삼키면서"(「붉은 아가웨 열매를」) 남쪽의 어지러운 현실에 뛰어들게 되는 것이다. 이때부터 설정식은 적극적으로 이승만 중심의 남한 정부에 대해 반대 투쟁을 벌이게 된다.

이렇게 열정적으로 활동하던 설정식은 이후 갑자기 안개와 같이 사라져버린다. 그런데 단정과 전쟁 기간 동안 행적이 묘연했던 그가 갑자기 등장한 곳은 개성에서 열린 종전회담장에서이다. 이때 설정식은 북측 통역관으로 등장한 것이다. 다시 한번 그가 배운 영어가 빛을 발휘하는 순간이다. 하지만 순탄할 것만 같았던 그의 행보 역시 여기서도 오래가지 못한다. 판문점 회담의 통역관으로 더 이상 얼굴을 내밀지 못하더니 궁극

비운의 민족주의자 설정식

에는 반역죄라는 죄명을 쓰고 갇히는 신세가 되었기 때문이다. 이후 재판을 통해 곧바로 처형되는데, 그의 죄목은 미군정청에 근무한 것을 속인 것, 그리고 미제의 스파이였다는 것이다.

설정식의 비극은 여러 가지 원인이 있을 수 있지만 가장 중요한 것은 그가 미국에서 배운 것과 그 민주주의가 펼쳐질 수 있을 것이라 판단했던 이곳 조선의 현실과의 괴리에서 온 것이 아닐까 생각된다. 미국식 민주주의의, 근대 시민민주주의에 대한 기대치와 그것이 현실 속에서 펼쳐지는 부조화에서 오는 실망이 매우 큰 것이었다고 이해된다.

설정식은 해방된 조선 사회에서 미국식 민주주의가 시행될 수 있는 가능성에 대해 매우 주목한 것처럼 보인다. 하지만 그가 생각했던 민주주의라든가 미국은 전혀 자신의 기대를 충족시켜주지 못했다. 미국 내에서 보는 미국과 미국 밖에서 보는 미국이 완전히 달랐기 때문이다. 그것이 미국에 대한 혐오 사상으로 이어진 것이 아닐까 한다. 그러한 괴리의 표백은 친구였던 헝가리인 머레이와의 회고에서 잘 드러난 바 있다.

남쪽에서의 좌절이 그로 하여금 북쪽을 선택한 것인데, 이곳 역시 그가 꿈꾸었던 미국식 정치 문화와는 전연 다른 것이었다. 그가 관심을 가졌던 것은 프롤레타리아의 이상보다는 근대 시민민주주의가 이상이었기 때문이다. 말하자면, 그가 생각했던 사회적 이상, 미국에서 배운 민주주의란 남한에서도 북한에서도 결코 실현되기가 쉽지 않았다고 생각한다. 그것이 그로하여금 해방 공간의 현실에서 이방인이나 이단자로 만든 것이 아닐까 한다.

설정식에게 이 시기 영어를 잘 한다는 것, 그것은 이처럼 기회와 불행의 양날과 같은 것이었다. 하지만 궁극에는 영어를 잘한다는 사실이 비극의 씨앗으로 작용했다는 것이 옳을 것이다. 하지만 그보다 더 중요한 것이 있다. 나약한 서정 시인으로 역사의 격랑을 헤쳐나아가기에는 그 앞에 놓인 역사의 무게가 너무 컸다는 점이다. 이야말로 힘없는 시인의 비극이고 또 현실의 벽을 넘지 못하는 서정시의 슬픈 운명이 아니고 무엇이겠는가.

근대시의 아버지 정지용은 어디로 갔나

정지용은 1902년 충북 옥천에서 태어나 한국 근대시를 개척하고 1950년 한국 전쟁이 일어난 후 행방이 묘연해진 시인이다. 정지용의 마지막 행방에 대해서는 여러가지 설이 있다. 맨 처음에 제기된 것은 가족의 증언이다. 그들에 의하면, 정지용은 전쟁이 나고 곧바로 아는 사람들을 따라 나가서 그 이후로 돌아오지 않았다는 것이다. 말하자면 이때부터 행방불명이 되었다는 것이다(해방 이후 반공 이데올로기가 지배하는 현실을 감안하면 가족들은 당연히 이렇게 말할 수밖에 없었을 것이다). 둘째는 월북하다 미군 폭격에 의해 사망했다는 설이다. 이 또한 확인되지 않는다. 세 번째 역시 평양 근처에 있다가 폭격에 의해 사망했다는 설이 있고, 네 번째 사례는 좀 더 이채로우면서도 충격적이다. 거제도 포로수용소에서 사망했다는 설이기 때문이다.

그런데 이런 설들을 종합하면 한 가지 결론이 나오게 된다. 정지용은 적어도 자의적으로 북을 선택했다는 사실이다. 북의 백과사전에 의하면 그의 사망일은 1950년 9월 25일로 되어 있고, 우리 시사에서도 이를 받아들이고 있다. 그렇지만 그가 어디서 사망했는지에 대한 기록은 제시하지 않고 있다. 한 가지 특이한 것은 북에 있던 셋째 아들 정구인이 2000년 남북 이산가족 상봉 때 아버지를 찾겠다고 신청했다는 점이다. 물론 북의 자료에도 그의 사망 원인을 정확히 제시 않고 있는데, 어떻든 이런 저간의 사정을 고려하면 정지용은 남쪽에서 죽은 것이 된다. 그래서 일부에서 말하는 거제도 포로수용소에서의 사망설이 설득력을 갖는 근거도 된다.

만약 이 가정을 받아들인다면 정지용은 어째서 이곳에서 사망했을까 하는 의문이 떠오르게 된다. 모든 결과에는 원인이 있기 마련인데, 일찍이 「정지용과 그의 세계」에서 쓴 글을 바탕으로 그의 사망 경우를 추적, 정리해보기로 한다.

정지용은 우리 민족을 너무나 사랑한 시인이다. 그의 민족 사랑은 거의 생리적인 차원의 것인데, 그와 교토(京都) 시절 함께 유학했던 김환태가 쓴 「경도에서의 3년」에서 이를 확인할 수 있다.

신입생 환영회가 있은 이후 어떤 칠흑과 같이 깜깜한 날 그는 나를 상국사(相國寺) 뒤 끝 묘지로 데려가 「향수」를 읊어주었다. 이후 우리는 조국에 대한 그리움을 달래려 사조거리에 나가 술 한잔을 더 먹었다.

이 글에서 알 수 있듯 정지용은 고향에 대한 애틋한 정을 담은 「향수」를 발표하기 이전부터 품속에 끼고 있었다. 이 작품이 발표된 것은 1926년이지만, 쓴 것은 1923년이기 때문이다. 그는 교토에서 약 6년간(1923~1929) 있었고 고향에 대한 정서를 상기하려 「향수」를 늘 품에 간직하고 고향이 생각날 때마다 읊었던 것으로 풀이된다. 그는 교토 유학 시절 길가에서 조선말 소리만 들려도 달려가서 "조선의 어디에서 왔나" 등을 물으며 이들과 눈물을 흘리곤 했다고 한다. 조국에 대한 살뜰한 정이 있었기에 정지용은 일제 말기 폭압의 시절에 어떤 강요에도 불구하고 소위 친일시를 쓰지 않았다.

그런 그가 다른 모든 문인들이 그러했던 것처럼 해방을 맞이했고, 또 체제나 이념을 선택해야 하는 순간에 놓여 있었다. 그런데 그가 선택했던 노선이랄까 방향은 백범 김구 쪽이었다. 이는 우리 시단에서 매우 예외적인 일이었거니와 그러한 의식의 단면은 김구에 대한 기대로 잘 표현되고 있었다. 특히 그가 이때 쓴 산문 가운데 몇 편은 평양에 가는, 통일정부를 모색하고자 했던 김구 주석에 바쳐지는 것이었다. 민족에 대한 사랑이 뼈에 사무칠 정도로 강했던 그로서는 이런 표명이 당연한 것이었다.

그러나 해방 정국은 정지용의 뜻대로 흘러가지 않았다. 통일 정부가 되지 못했을 뿐만 아니라 그가 그토록 존경했던 김구가 암살된 것이다. 김구는 안두희가 발사한 총탄 세 방을 맞고 절명했다. 한 방 한 방이 다 치명상이었거니와 확인 사살을 한 셈이다. 정지용은 조시를 쓰지 않았지만 이은상이 쓴「조시, 김구의 죽음에 부쳐」가 그의 마음을 대변했을 것으로 이해된다.

어허 여기 발구르며 우는 소리
지금 저기 아우성치며 우는 소리
하늘도 울고 땅도 울고
이 겨레 이 강산이 미친듯 우는 소리
임이여 들습니까 임이여 들습니까

이 겨레 나갈 길이 어지럽고 아득해도
님이 계시기로 든든한 양 믿었더니
두 쪼각 갈린 땅을 이대로 버려 두고

천고한(千古恨) 품으신 채
어디로 가십니까 어디로 가십니까

떠돌아 칠십년을 비바람도 세옵더니
돌아와 마지막에 광풍으로 지시다니
열매를 맺으려고 지는 꽃 어이리까
뿜으신 피의 값이
헛되지 않으리다. 헛되지 않으리다.

삼천만(三千萬) 울음 속에 임의 몸 메고가오
편안히 가옵소서 돌아가 쉬옵소서
뼈저린 아픔 설음 부여안고
끼치신 임의 뜻을
우리 손으로 이루리다. 우리 손으로 이루리다.

　김구의 서거 이후 많은 조시가 쓰여졌지만 이은상의 이 시가
모든 이의 심금을 울렸다.
　김구의 암살에서 보듯 해방 직후 친일파가 살아남기 위해서
는 두 가지 전제가 필요했다. 하나는 자신들을 보호해줄 정치
세력, 다른 하나는 친일파 척결을 외치는 세력에 대한 처단이

었다. 전자의 선택지는 당연히 이승만이었다. 오랜 미국 생활로 정치적 기반이 없었던 이승만은 이들의 존재가 필요했다(그의 "뭉치면 살고 흩어지면 죽는다"라는 말이 나온 것도 이때이다).

둘째는 친일분자 처단을 외친 좌익과 김구였다. 해방 공간에서 통일정부를 세운다거나 친일파 척결을 내세우는 것은 위험한 일이었는데, 좌우익을 통합한다거나 통일정부를 세운다는 것은 친일파들에게는 곧 죽음을 의미했기 때문이다. 연립정부를 꺼낸 여운형, 송진우 등이 암살된 것 역시 이와 밀접한 관련이 있었다. 남쪽만의 단정이 수립되었으니 좌익은 더 이상 문제가 되지 않았다. 김구만이 남았다. 하지만 김구를 제거한다는 것은 결코 만만한 일이 아니었다. 그는 국민들의 절대적 지지를 받고 있었기 때문이다. 하지만 생존이라는 동물적 본능은 김구를 그냥 놔두지 않았다. 일평생 조국 독립을 위해 헌신한 대가가 동포의 손에 의해 이렇게 비참한 죽음으로 끝난 것, 그것이 김구의, 우리나라의 슬픈 운명이었던 것이다.

조국을 사무치게 사랑한 정지용, 친일파라면 거의 알레르기적 반응을 보인 정지용이 자신과 생각이 동일했던 김구의 죽음을 어떻게 받아들였을까? 김구가 죽고 나서 쓴 마지막 정지용의 시가 「곡마단」이었는데, 그의 운명을 예감한 듯 그는 이 작품에서 자신을 아슬아슬한 줄을 탄 곡예사로 비유하고 있다.

이 작품을 쓴 이후 정지용은 전쟁 직전까지 마지막 조국 순례의 길을 떠난다. 그리고 그 과정에서 얻은 그 찐한 조국에 대한 사랑을 기행문으로 남겼다. 산문으로나마 조국과 민족을 포기하지 않고 싶었던 것이다.

1950년 한국전쟁이 발발했다. 그런데 정지용의 머릿속을 지배한 것은 전쟁 그 자체가 아니었을 것이다. 그보다는 그의 정신적 지주였던 김구의 잔상이 계속 가슴속에 남아 지배하고 있었던 것은 아니었을까. 김구의 죽음을 두고 "이 겨레 이 강산이 미친 듯이 우는 소리"를 환청으로 말이다. 그 소리를 쫓아서 그는 거침없이 달려갔을 것이다. 그 울음의 환청이 겨냥한 곳은 친일파에 대한 저주였을 것이다. 그러니 그가 간 곳이 어디였을까 하는 것은 굳이 말할 필요가 없다.

중세의 종말과 근대의 시작을 알린『돈키호테』

1. 돈키호테적 인간형의 탄생

무언가 정형화되지 못한 인간을 이야기할 때 흔히 돈키호테와 같은 사람이라고 부른다. 돈키호테란 무정형적 성격의 소유자이며 무엇보다 일탈이 전제된다. 일탈이란 개인적인 차원에서도 혹은 사회적인 차원에서도 제시되는바, 도대체 이 정서의 행보는 예측할 수 없는 상태에 도달하게 되고, 갈피를 알 수 없는 방향성으로 나아가게 된다.

일탈이 가미된 돈키호테적 인간형이 노리는 것은 분명하다. 어떤 정형화된 틀을 깨고자 하는 것이다. 정형이란 집단이고 규율이고 권위이다. 그렇기에 그것은 개인적인 것들, 반규범적인 것들과는 정반대의 위치에 놓여 있다. 어떤 규범이나 집단의 질서에 억눌려 있는 사람이라면, 저돌적인, 전통적인 규범이나 질서를 무너뜨리는 돈키호테적 행동에 열렬한 찬사를 보낼 것이다. 그러한 찬사 속에서 일종의 해방감을 느끼는 것은 당연하다.

오랜 세월 중세의 사람들은 권위적인 질서에 놓여 있었다. 따라서 그 억압 속에 놓여 있던 사람들이 소설 『돈키호테』를 읽으면서 주인공의 저돌적인, 혹은 무모한 행위에 자의식적 해방감을 느끼게 된 것은 당연한 수순이었을 것이다. 이전에는 전혀 볼 수 없는 인물, "풍차를 거대한 악당으로 착각하고 덤벼드는 반미치광이" 같은 인물에 환호할 수 있었던 것은 규율화된 억압이 깔려 있었기 때문이다.

2. 『돈키호테』가 나오게 된 배경

잘 알려진 대로 세르반테스의 『돈키호테』가 쓰여진 것은 작가가 57세 되던 1605년이다. 시기적으로 보면, 이탈리아에서 시작된 르네상스 운동이 절정기에 이르던 시점이다.

르네상스란 인문주의라는 번역에서 알 수 있는 것처럼, 인간 위주의 세계관을 알리던 운동이다. 중세가 신본주의 사회인 까닭에 인간의 자율적 사고나 행동은 거의 용납되지 않았다. 모든 것이 신의 계시와 뜻에 의해 이루어졌고, 인간은 기타 사물과 마찬가지로 신의 종속물에 불과했다.

하지만 갈릴레오의 지동설을 비롯한, 신적 체계를 부정하는 여러 사유의 등장은 중세적 신본주의를 무너뜨리는 계기가 되었고, 그 결과 신 중심의 세계관은 뿌리째 흔들리고 있었다. 이 신본주의 세계를 지탱하고 있었던 것이 사회적으로 보면, 봉건 영주와 기사 계급이다. 신본주의와 기사의 관계는 거의 쌍생아를 이루는 것이어서 어느 하나의 결손은 다른 하나의 결손을 필연적으로 불러일으키게끔 되어 있었다. 그러니까 곧 기사 계급의 몰락은 기독교적 세계관에 바탕을 두고 있었던 권위나 특권의 상실 등과 불가피하게 연결될 수밖에 없었다.

이런 역사적·시사적 흐름에 기대게 되면, 기사 계급은 이전까지의 권위, 곧 신성성이라든가 고귀한 특성을 상실해야 하고, 그 결과 평민적인 세계, 곧 민중의 세계로 되돌아와야 했다.『돈키호테』에서 주인공 돈키호테의 저돌성, 무모성, 미치광이적 특성은 중세를 지탱하고 있었던 기사 계급의 몰락과 밀접한 관련이 있는 것이었다.

『돈키호테』의 주인공인 돈키호테가 권위를 상실하기 위해서는 민중적 세계관이나 모습을 취해야 했다. 이는 민중의 삶에 가까워진다는 뜻인데, 그러기 위해서는 기사의 권위나 신성한 속성이 사라져야 하고, 더 이상 지배 계급으로서의 가치라든가 권능이 상실되어야 한다. 세르반테스가『돈키호테』에서 노린 것은 바로 이 부분이거니와 이는 이 작품을 근대 소설을 알리는 최초의 작품이라고 부르는 이유이기도 하다.

흔히 소설(Novel)은 서사시(Epic)에서 시작하여 중세의 로망스(Romance)를 거쳐 완성되었다고 알려져 있다. 이런 장르적 구분에서 가장 중요한 것이 각각의 양식에 등장하는 인물이다. 고대 서사시의 주인공이 신(God)이고 중세 로망스가 기사, 곧 영웅(Hero)이며, 근대의 소설은 민중(People)이다.

비코(Vico)는 고대와 중세, 근대를 이 주인공과 연결시켜 신의 시대, 영웅 시대(이문열의 소설『영웅시대』는 이런 시대 구분과 밀접한 관련이 있다), 민중의 시대로 일컬은 바 있다. 이런 도정에서 알 수 있는 것처럼, 소설이 탄생하기 위해서는 서사시의 '신'이 '민중'이 되어야 하는 것이다. '신'과 '민중' 사이에 놓인 이 거리를 바흐친(Bakhtin)은 '절대적 거리'라고 했거니와 이 거리를 좁히는 과정이야말로 소설의 탄생을 알리는 도정이라고 이해했다.

바흐친의 논리에 의하면, 이 절대적 거리가 좁혀지기 위한 여러 서사적 장치들이 고안되어야 했다. 가령 패러디 수법이 그 하나이다. 중세적 카니발이라든가 웃음의 여러 양식, 똥과 같은 저속한 이미지(돈키호테의 생리현상을 비롯한 여러 사이코적 행위는 이와 밀접한 관련이 있다)에서 찾아낸 것이다. 이런 장치를 통해서 영웅 계급인 기사와 서민 계급인 민중은 비로소 하나의 접점을 이루게 된다.

3. 『돈키호테』의 한계

근대소설의 효시라 일컬어지는 『돈키호테』에는 그 문학사적 의의에도 불구하고 작품이 갖고 있는 한계 또한 분명히 존재한다. 그 하나가 여전히 기사도 정신의 숭상과 그를 통한 기사도 문학의 정통성을 잇고자 했다는 점이다. 기사도란 온갖 불의에 저항하는 정신이다. 비록 허무맹랑하고 비현실적인 것이긴 했지만 돈키호테는 스스로 판단하기에 불온하다고 생각되는 가상의 적, 혹은 실제의 적을 두고 싸우는 존재였다. 기사도 문학을 옹호하는 이런 행위는 기사도가 추구했던 선과 악의 이분법적인 대립에서 전자를 철저히 추구했다는 사실에서 확인할 수 있다.

둘째는 로맨스 정신에 기댄 기사도 문학의 또 다른 부활이다. 『돈키호테』에는 여러 형태의 사랑들이 등장한다. 우선 돈키호테 자신의 사랑관이다. 그가 설정한 사랑의 대상은 둘시네아

델 코보소이다. 하지만 이는 자신의 사유 속에서 만들어낸 가공의 인물일 뿐 실제의 인물은 아니다. 그럼에도 그녀에 대한 사랑은 절대적이다. 이런 사랑관은 『돈키호테』에 등장하는 인물들 대다수가 이상적인 여성과 불가피하게 결합되어 있다는 점에서도 드러난다. 그의 기사도 정신의 근거는 모두 이 여인의 향기가 저변에 깔려 있는 것이었다.

셋째는 해피엔딩이라는 일반화된 구조이다. 이는 『돈키호테』의 마지막 장면 가운데 하나인 주막에서 잘 표현된다. 여러 복잡하게 얽힌 사랑의 실타래들이 이 좁은 공간에서 극적으로 해소되는 것이다. 가령, 카르데니오와 루신다, 돈페르난드와 도르테아가 여러 우여곡절 끝에 만나서 새로운 출발을 하는 것이다. 물론 이들에게 강력한 혼사장애를 제공한 것은 돈페르난드의 그릇된 욕망에서 빚어진 것이다. 하지만 결말은 해피엔딩의 구조이다. 여러 혼사 장애를 겪고 최후에는 사랑하는 사람과 영원히 함께할 수 있다는 것이야말로 기사도 문학의 정점이기 때문이다.

넷째는 권선징악이라는 중세적 틀에 갇힌 구조이다. 마지막 장면은 선과 악의 대립에서 여전히 선한 것이 미지막 승자가 될 수 있다는 관점을 잘 보여준다. 이런 단면이야말로 여전히 중세적 질서에서 자유롭지 못하고 있는 이 소설의 한계를 보여준 대표적인 사례라고 할 수 있을 것이다.

5부

역사와 미래

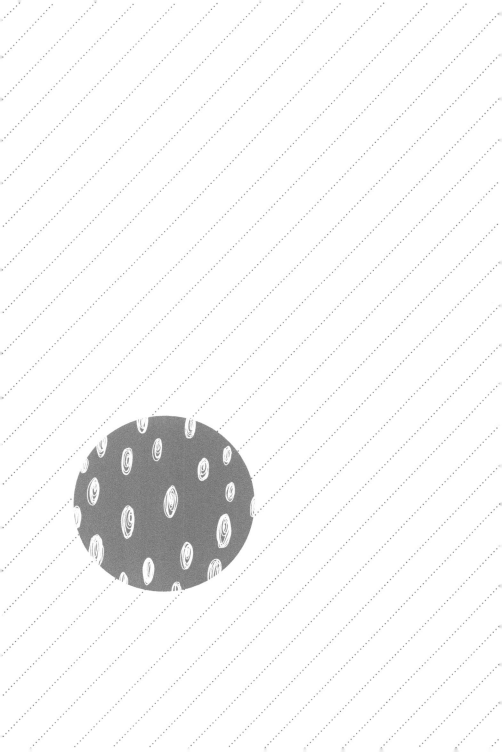

한국어와 문화 생활

한 나라의 언어가 중요시되는 이유는 언어가 모든 일상사의 매개가 되기 때문이다. 언어는 의사소통의 기능을 통해 인간과 인간, 세대와 세대를 이어주는 역할을 한다. 우리가 국어 순화를 말하는 것 역시 바로 그 나라의 언어인 국어가 올바르게 살아 있어야 그 사회가 원활하게 움직일 수 있다는 점 때문이다. 말하자면 그 나라의 언어는 구성원 사이의 윤활유 역할을 함으로써 사회를 통합시키고 발전시킨다. 만일 구성원 사이를 이어주는 언어가 훼손되어 있다면 사회의 질서나 조화는 깨어지고 만다. 언어의 기능이 이러하므로 유기체적 속성을 가진 한 나라의 존속을 꾀한다면 그 나라의 언어인 국어를 가꾸고 다듬어야 하는 것은 당연하다고 할 수 있을 것이다.

한편 그 나라의 언어, 즉 국어를 말할 때 문화 현상과 분리하여 생각하는 것은 불가능하다. 왜냐하면 언어란 곧 일상을 살아가는 구성원들의 생활 그 자체이며 한 시대의 의사소통 기구인 언어는 당대의 생활 양식을 반영하기 때문이다. 생활 양식이 바로 문화일진대 언어와 문화는 서로를 확인할 수 있는 거울과 같은 존재이다. 따라서 그 나라의 국어를 보면 문화를 알게 되고 역으로 그 나라의 문화를 읽으면 역시 그 나라의 언어를 가늠할 수 있게 되는 것이다. 결국 문화는 그 나라의 언어인 국어의 상태를 살펴볼 수 있는 척도와 같다.

문화 현상을 살피는 일이 국어의 상태를 판가름할 수 있는 계기가 된다고 했을 때 우리 청소년들이나 사회 구성원들은 자신의 언어 생활을 반성해보아야 할 것이다. 일상적으로 반복하는 친구들이나 가족들과의, 혹은 대중 매체를 이용한 대화가 과연 온건하고 합당한 것인가, 예의에 어긋나지 않으며 상대방을 존경하고 비하하지 않는가 하는 질문을 스스로에게 해보아야 할 것이다. 만일 그러하다면 우리의 문화는 이성적인 문화일 것이요, 사회는 올바르게 정립, 성장하는 사회일 것이다. 그러나 만일 그러하지 않다면 그 사회의 문화는 냉소와 반이성으로 훼손되어 있을 것이다.

오늘날의 문화 현상을 가장 잘 알 수 있는 것 가운데 하나가 사이버 매체이다. 사이버 매체는 익명의 대화가 가능한 곳이므로 곧바로 그 사회의 문화의 질을 판단할 수 있는 공간이 된다. 그러나 사회 구성원의 50퍼센트 이상이 사용하고 있고 청소년 들의 문화 가운데 빼놓을 수 없는 비중을 차지하고 있는 사이 버 매체에서 통용되는 언어는 그리 올바르게 형성되어 있는 것 같지 않다. 빠른 속도를 요구하다 보니 약어나 속어가 난무하 고, 또한 보이지 않는 상대와의 대화라 하여 욕설이나 비속어 를 마음 놓고 하는 경우도 있다. 이러한 태도는 극단적인 사례 에 속할 것이지만 언어가 그 사람의 인격이라는 점은 아무리 강조해도 지나치지 않을 것이다. 즉 언어 생활은 그것을 사용 하는 사람의 얼굴이요 그 사회의 문화인 것이다.

매체라는 특정한 공간에서뿐 아니라 일상의 생활에서도 사 용되는 언어를 살펴보면 그 사회의 문화적 성격을 파악할 수 있다. 영어나 일어의 경우 '실례합니다', '감사합니다', '천만에 요' 등의 말은 하나의 관용 표현으로서 흔하게 사용되는 것들 이고 인사와 답례하는 말들이 하나의 연속적인 대화체로 구성 되기 마련이다. 그러나 우리말의 경우 이와 같이 흔히 사용할 수 있는 말들도 실제로 입밖에 내어 말하는 것이 어색하게 느 껴지는 경우가 허다하다. 상대방이 그 말을 받아들일 자세가 되어 있지 않아서 그러한 경우도 있고 자신 스스로의 자세가 경직되어 있어서 그러한 수도 있다. 그러다 보니 대충 얼버무리고 넘어가는 일이 많다.

이러한 현상은 그 사회의 유연성과 관련이 있다. 상대방을 배려하고 존중하는 언어가 발전할수록 그 사회가 부드럽고 따뜻한 것은 당연한 일이다. 그러한 사회에서는 문화가 융성하게 꽃필 수 있는 것이다.

이러한 사회가 발전하는 것 역시 자명하다. 왜냐하면 구성원들 서로가 서로를 믿고 양보하며 조화를 이루는 것이 가능하기 때문이다. 반면 상대방을 무시하고 비하하는 언어가 많이 오갈수록 사회는 각박해지고 삭막해진다. 말하자면 살아가기 힘든 사회가 되는 것이다. 구성원들이 인간과 인간 사이에서 차가움을 느낄 때 문화는 생동하기 힘들고 사회는 발전하지 못할 것이다.

우리는 흔히 국어는 학자들이 상아탑 속에서 표준말을 제정하고 맞춤법을 규정함으로써 순화되고 가꾸어진다고 생각하기 쉽다. 그러나 이러한 생각은 국어가 살아 움직인다는 사실을 망각한 것이 아닐 수 없다. 국어는 그 사회의 구성원들에 의해 끊임없이 말해지고 사용됨으로써 그 사회와 함께 흥하고 망하는 것이다. 이렇듯 국어와 사회는 운명공동체의 관계 속에 있다. 그렇다면 국어를 건강하게 가꿀 수 있는 주체는 학자들이 아닌 사회 구성원일 수밖에 없다. 사회 구성원 각자가 올바

른 언어 생활을 실천할 때 문화는 발전할 것이고 국어 역시 계
속 존속할 수 있을 것이다.

한국어와 문화 생활

다시 대학생이 된다면

　　　　　　돌 아래 웃음 짓는 시냇물처럼, 동산에 하늘거리는 아지랑이처럼 해맑은 새내기의 미소가 들려오는 새 학년, 새 학기가 시작되었다. 하늘의 별을 이고 머나먼 지평선을 바라보면서 힘차게 다시 나아가야 할 때가 온 것이다. 어쩌면 인생의 마지막이 될지도 모를 학교, 학창 시절을 어떻게 하면 보람 있고 후회 없이 보낼 수 있을까. 그리하여 학교를 떠날 때, 혹은 저 인생의 뒤안길에서 그 안타까웠던 마지막 시절들이 정말 보람찬 세월이었다고 떳떳이 회상할 수 있을까.

　내가 만일 대학생이 된다면, 우리의 고전, 세계의 고전들을 열심히 읽을 것이다. 거기서 선인들의 지혜를 배우고, 이를 바탕으로 내가 당면한 현실, 우리가 처해 있는 문제들을 슬기롭게 풀어나가는 혜안을 얻고 싶다. 오늘날 인류를 괴롭히고 파

멸로 몰아가는 일들이 모두 인문학적 교양의 부족에서 오는 문제들이 아닌가.

내가 대학생이 된다면, 우리나라 삼천리 방방곡곡, 나아가 세계의 모든 곳을 여행할 것이다. 국토 순례를 통하여, 돌 하나, 이름 모를 들꽃 하나하나를 어루만지며 국토애, 조국애를 키우고 싶다. 또한 세계의 여행 속에서 얻은 각국의 문화와 전통을 우리의 그것과 비교하고 나의, 우리의 미래를 위한 밑거름으로 만들고도 싶다. 그 나라의 문화와 역사는 영원한 타자로 있는 것이 아니라 우리 문화와 역사의, 또 다른 거울이기 때문이다.

내가 만일 대학생이 된다면, 사회의 어두운 곳을 찾아다니면서 봉사와 희생의 정신을 기르고 싶다. 오늘날 사회가 메마르고 인륜이 무너지고 있는 현상들은 모두 봉사와 희생의 정신이 없는, 개인주의에서 비롯된 것들이다. 따라서 약자를 돕고, 인간에 봉사하는 자기 희생의 정신이야말로 나를 살찌우게 하고, 사회를 아름답게 만드는 근본 토대가 된다고 하겠다.

이러한 정신적 가치 외에도 내가 만일 대학생이 된다면, 학문 배양에 더욱 힘을 기울여 실질적 가치를 높이고 싶다. 현대는 경쟁의 사회인 까닭에 타인을 앞서지 못하면 낙오되기 마련이다. 경쟁에서 살아남기 위해서는 남보다 뛰어나야 하고 그럴

다시 대학생이 된다면

려면 자신의 상품가치를 인정받아야 한다. 이렇게 정신적 가치와 실질적 가치로 무장될 때 하나의 완전한 인간형이 되며, 대학 생활을 그 실천의 장으로 만들어가는 것이 나의, 우리의 목표가 아니겠는가.

봄날의 강의실에서

개강을 한 지 몇주가 다 지났다. 캠퍼스에는 재학생은 물론이거니와 신입생들이 들어오면서 활기찬 모습으로 넘실댄다. 마치 봄을 맞이하여 분주히 움직이는 대지처럼 교정도 그렇게 바쁘게 돌아가고 있는 것이다. 이때가 되면 겨우내 움츠렸던 어깨가 절로 펴지게 되고, 무언가 벅차오름 또한 느끼게 된다. 봄이 그러하듯 새 학기란 늘 그렇게 다가온다.

그러나 교정의 이런 모습에 비해 강의실의 풍경은 전연 딴판이다. 아직은 3월의 꽃샘 추위가 졸음을 쫓기에 충분할 만큼 차갑기만 한데, 강의실에서 많은 학생들은 엎드려 잔다. 왜 그렇게 졸고 있나 물으니 이유도 많다. 술 때문이라는 둥, 밤새 게임을 했다는 둥, 친구와 카톡을 했다는 둥, 조는 학생만큼이나 그 원인 또한 정비례하고 있었다. 개강한 지가 며칠 안 되는데

새내기들이 꾸벅대는 모습을 보노라니 안타깝기 그지없다.

　나는 왜 그들이 졸고 있을까 하고 잠시 생각해본 적이 있다. 원치 않는 대학에 들어와서, 아니면 맘에 들지 않는 학과에 들어와서, 혹은 내 강의가 딱딱하고 지루해서. 이도 아니면 하고자 하는 의욕이 없어서 그런 것인가. 별별 생각을 머릿속에 굴려보지만 딱히 이렇다 할 답이 나오지 않는다.

　사실 학생들이 학교생활을 재미없어하고 수업 시간에 조는 행위는 어제오늘의 문제는 아니다. 그렇지 않은 학생들도 있긴 하지만 이런 부류에 속하는 학생들이 적지 않은 것 또한 사실이다. 물론 이 이외의 학생들 가운데 적당히 학점이나 따고 졸업이나 하고 보자는 심산으로 임하는 경우도 많다. 물론 강의하는 나 자신이 좀 더 흥미를 유발하지 못해서 그런가 하고 여기에 신경을 써보지만 늘 역부족을 느낀다.

　도대체 왜 수업 시간에 흥미를 잃고 조는 학생들이 나오는 것일까. 우리 학생들이 이런 모습을 보여주는 일차적 원인은 우선 그 자신들에게 있지 않나 생각한다. 특히 목표의식의 상실에서 그 주된 원인을 찾고 싶다. 목표가 없으면 나아갈 방향을 상실하고 삶의 동력이 떨어지는 것은 사실이다. 어제와 오늘이 다르고 내일이 다를 수 있다는 생각은 목표 의식을 갖게 하는 가장 중요한 동기인데, 우리 학생들은 이 시간성들을 거의 동일하게 감각하는 것처럼 보인다. 그러니 무엇을 준비하고 무엇을 해야 한다는 의식이 생기지 않는 것은 당연한 일이 될 것이다.

그래서 나는 수업 시간에 항상 하는 말이 있다. 아무리 작은 것이라도 목표를 가지라고 말이다. 그러면 이를 위해서 자신은 힘을 쏟게 되고 삶의 동력 또한 얻을 수 있을 것이라고.

그렇기에 적어도 대학 일 학년 때에는 한 가지 목표라도 가졌으면 한다. 가령, 영어 듣기를 이번 학기에는 꼭 한다든가, 여행 계획을 세운다든가, 혹은 책을 몇 권 정도는 읽어야 하겠다든가 하는 등등의 목표. 도달해야 할 정상이 있다는 것은 그만큼 나를 변화시킬 것이다. 봄이 활력이 있는 것은 꽃을 피워야 하겠다는, 잎을 내야 하겠다는 목표가 있기에 전쟁터처럼 역동적인 모습으로 비춰진다. 봄처럼, 우리 모두의 경우도 이번 학기에는 작은 목표 하나라도 가져보자. 그러면 강의실에서, 도서실에서 졸음은 발붙일 터를 잃고 도망갈 것이다.

봄날의 강의실에서

역사를 잊은 민족에게 미래는 없다

어느덧 사십 중반의 나이가 되었다. 제법 나이가 든 것이다. 장년에 가까운 나이이니까 세대론의 입장에서 보면 보수적 성향에 가깝게 되었다. 나는 이러한 사실을 인정하고 싶지 않지만, 이제 어쩔 수 없이 그렇게 되어버린 연륜이 되어버린 것이다. 한때는 젊은이의 편에 서서 열정을 불사르고, 진보를 논하며, 경우에 따라서는 변혁을 꿈꿔보기도 하고, 세대 차이를 부르짖기도 했지만, 이제는 그 모든 것이 옛일이 되어버렸다.

나이를 들먹거리는 일이 유치하고 때로는 위계질서상의 차별을 가져오는 듯도 하지만, 구관이 명관이라는 속담이 일러주는 것처럼, 이를 완전히 무시하는 일도 어려워 보인다.

나도 한때는 진보의 입장에서 보수를 탓하고, 변화의 짜릿

한 기쁨을 만끽한 시절도 있었다. 이제는 이러한 일들에 대해 무작정 옳다고 말할 때가 아니다. 그렇다고 보수의 관점에서 세대론적 우위성을 말하려고 하는 것도 아니다. 나이를 먹고 세월이 흐른다고 해서 우리가 잊어서는 안 될 것이 있다. 우리 역사에 대한 올바른 인식, 바로 그것이다.

요 며칠 전에 나는 중국 상해 여행을 다녀왔다. 일상의 피로를 벗어나게 해주고, 현실의 예민한 감각을 무디게 해준다는 점에서는 여행만큼 좋은 것이 없다고 생각한다. 그래서 여행은 언제나 기대와 희망을 준다. 그러나 이번 여행은 그러한 기대와는 상관없는 것이었다. 바로 함께 일행이 된 젊은이들 때문이다.

한국인이 중국 상해 지역을 여행지로 선택하는 것은 크게 두 가지이다. 하나는 임시정부 청사 유적지 때문이고, 다른 하나는 윤봉길 의사가 폭탄을 투척한 장소인 홍구공원 때문이다.

우리의 여행 패키지 상품에는 홍구공원 관광 일정이 빠져 있었다. 그렇기 때문에 이곳에 가려면 추가 경비를 내야 했다. 우리 일행은 비용을 지출하고서라도 여기를 둘러보려고 했다. 그런데 문제는 여러 구성원들이 한 팀으로 묶여 있었기 때문에 이들 모두가 동의해야 이곳 방문이 가능했다. 한국인이라면 당연히 동의해야 할 사항이어서 아무 문제 없이 이곳에 갈 수 있

역사를 잊은 민족에게 미래는 없다

을 것처럼 보였다. 그러나 그것은 착각이었다. 우리 일행 중에 젊은이 네 명이 있었는데, 놀랍게도 이들은 뒤에서 손을 절래 절래 흔들며 거부하는 것이 아닌가. 모두의 시선이 이들에게로 돌아가는 것은 당연했다. 그러자 이들은 눈빛들에 부담을 느꼈는지 마지못해 동의하게 되었다.

이렇게 해서 우리는 홍구공원에 가는 기회를 잡았다. 이곳을 가본 사람은 금방 알 수 있는 일이지만, 홍구공원은 한국인의 뜨거운 피가 흐르고 있는 장소이다. 한국인으로서 어쩌면 당연히 가야 할 이곳을 그들은 가지 않겠다고 한 것이다. 그런데 이들의 놀라움은 여기서 그치지 않았다. 윤봉길 의사와 안중근 의사를 혼동했다고 하는가 하면, 그렇게 많이 찍던 사진을 이곳에서는 단 한 장도 찍지 않은 것이다.

변화를 즐기고, 구태의연한 것을 싫어하는 것이 젊은 세대라 하지만 역사는 보수의 관점이나 구태의연함으로 치부될 수 있는 것이 아니다. 일찍이 단재 신채호는 "역사를 잊은 민족에게 미래는 없다"고 말한다. 우리는 미래를 알 수 없다. 다만 예측할 수 있을 뿐이다. 그런데 그러한 예측을 가능케 하는 것은 역사를 통해서이다. 그것은 우리의 심연에 녹아 있는 선험적인 어떤 것이다. 이를 모르고서 어찌 다른 나라의 문화와 역사를 관광할 수 있을까. 보수와 진보는 양립 가능한 것이지만, 역사를 기억하는 것과 잊고 사는 것은 양립 불가능하다. 형장의 이슬로 사라지면서 "아들아 이 아비 없음을 슬퍼하지 말아라"라고 한 윤봉길 의사의 절규가 바로 그러한 피 맺힌 역사를 잊고 사는 오늘의 젊은이들에게 들려주는 뼈아픈 교훈이 되었으면 하는 것이 중년이 되어가는 필자의 바람이다.

역사를 잊은 민족에게 미래는 없다

폐교를 둘러보며

            나이가 들면, 문득 문득 과거가 그리워지는가
보다. 물론 이런 현상은 나 혼자만의 특별한 상황은 아닐 것이
다. 주변의 지인들도 앞으로 다가올 날들보다는 지나온 세월에
대한 애틋한 감정을 이따금씩 표현하는 경우를 많이 볼 수 있
기 때문이다.

    그러한 과거의 추억을 찾아보기 위해 오래전부터 중국 길림
성 연변 지역을 둘러보고 싶은 생각이 자리하고 있었다. 이곳
이 딱히 주목이 되었던 이유는 한때 우리 동포들, 지금은 조선
족이라 통칭되는 사람들을 많이 볼 수 있기 때문이고, 낙후된
시골의 모습을 통해 우리의 지나온 세월을 어느 정도 반추해볼
수 있을 것이라는 기대감 때문이었다.

    한국의 장맛비를 피해서 간 연변이건만 이곳 역시 장마라는

계절의 법칙으로부터 자유로운 곳은 아니었다. 연길 공항에 도착하자마자 많은 비가 내렸거니와 이로 인해 기대했던 옛날의 그 모습을 찾아보기는 어려웠다. 몹시 실망스러운 연변과의 첫 번째 대면이었다.

중국 자유 여행은 이번이 처음이었다. 그동안 이곳 여행은 대부분 패키지 형태로 이루어졌다. 패키지 여행이란 그저 가이드 말만 잘 들으면 되는 여행이다. 공손한 초등학생이 되면, 아무런 어려움을 느끼지 못하는 것이 이 여행의 장점인 것이다.

하지만 자유여행이란 말 그대로 스스로 찾아다녀야 하는 것이기에 그리 녹록한 것은 아니다. 이런 난관을 피하기 위해서는 출국 전에 몇 가지 준비가 필요했다. 무엇보다 현지에서의 굵직굵직한 교통편이나 호텔 정도는 미리 예약을 해두어야 하는 것이다.

그런데 이런 낯섦을 상쇄시켜주는 일이 있었다. 바로 10여 년 전 우리 학교에 유학 온 친구가 이런 어색한 상황을 일정 부분 상쇄시켜주었기 때문이다. 그는 한국에 오기 전에 연변과학기술대학을 다닌 학생이었고, 현재는 이곳에서 환경 분야 직장을 다니고 있었다.

연변과기대! 이 대학은 참 많이 이름 들어왔던 대학이다. 우선 이 학교가 조선족만의 학교였다는 것, 그리고 3~4년 전에 폐교되었다는 것 등은 이미 뉴스를 통해서 익히 알고 있는 터였다. 며칠간의 연변 여행을 마치고 한국으로 돌아오기 전날, 이 학생은 연변과기대를 한번 견학시켜주겠다고 했다. 마침 이 학교에 대해 여러 궁금증이 있었던 터이기에 잘 되었다고 생각하고, 이에 적극적으로 응하기로 했다. 그러니까 이 학교에 들르게 된 것은 예정에 없던, 우연 중의 우연에 의해 이루어진 것이다.

2024년 7월 9일, 졸업생의 차를 타고 가장 먼저 연변과기대 정문에 갔다. 예상대로 문은 굳게 닫혀 있었고, 경비 한 분만이 고독하게 이 낡은 문을 지키고 있었다. 졸업생은 자신이 이 학교 출신이라는 것을 밝히고, 한국에서 오신 분들을 위해 학교를 탐방시키고 싶다고 했다. 경비원은 출입 차량이 카메라에 찍힐 수 있다는 이유를 들어 거절했다. 좀 귀찮은 모양이다. 대신 그는 이 학교 졸업생이면 굳이 정문으로 들어가는 길 말고도 다른 길로 갈 수 있음을 잘 알고 있지 않느냐고 넌지시 힌트를 주는 것이었다. 서로 빙그레 미소를 지었기에 학교로 들어가는 암묵적인 합의가 이루어졌다.

졸업생은 익숙한 발걸음으로 우리를 학교로 들어가는 샛길로 안내했다. 이렇게 들어간 연변과기대는 터가 제법 넓었거니와 여러 신식 건물들이 빼곡히 들어 차 있었다. 도서관이며, 학생회관, 기숙사, 온갖 단과대학 등 무엇하나 모자람이 없어 보였다. 하지만 폐교란 실로 경악스러운 모습으로 우리 앞에 펼쳐져 있었다. 불과 3, 4년 만에 황량한 상태로 버려져 있었기 때문이다. 잡초는 허리까지 자라 있었고, 그 잡초에 묻혀 모두에게 희망의 길이었을 샛길들마저 사라져가고 있는 상태였다. 얼굴 속에 번지는 졸업생의 짙은 우수는 우리를 더불어 우울하게 만들어놓았다.

연변과기대가 문을 닫은 이유는 지금 이곳의 우리 현실과 하등 다를 것이 없었다. 인구가 감소하고 있는 현실에 적절하게 대응하지 못한 탓이 크다고 한다. 조선족만의 학교라는 한계, 그 한계를 넘기 위해서 연변대학과 공동으로 학위를 주면서 버텼지만 역부족이었다고 한다. 인구 감소라는 시대의 흐름을 비껴가지 못하고 이처럼 폐교라는 무서운 결과를 낳고 말았다.

이런 현실은 대학에 몸담고 있는 나에게는 커다란 충격을 주기에 충분한 것이었다. 이 학교에 자란 잡초의 길이는 학교에 몸담고 있는 우리의 근심의 길이였고, 허옇게 드러난 잡초 주변의 시멘트 자국은 이 시대 우리 대학이 마주한 상처의 깊이를 말해주는 것이었기 때문이다.

한때 4천여 명이 모여서 식사했던 구내 식당은 거미줄로 얽혀 있었고, 인기 학과였던 간호대학 건물마저 그 입간판은 떨어진 상태로 바람결에 따라 흔들거리고 있었다. 게다가 창틀이며 유리, 건물의 벽들은 먼지로 가득 쌓여 틈이 주는 경계를 구분하기 어려웠다.

이 학교를 보며 말로만 듣던 폐교의 현실이 어떤 것인가를 실로 뼈저리게 느끼게 되었다. 그렇다면 한국의 일부 대학교는 이런 현실로부터 얼마나 멀리 떨어져 있는 것일까. 이것이 그저 지리적으로 조금 떨어진 이웃나라의 흘러간 학교 이야기에서만 그치는 일일까.

국가에 역사(歷史)가 있다면, 학교에는 학사(學史)가 있을 것이다. 5년 뒤, 아니 10년 뒤 한국의 대학교는 어떻게 기록되어 학사에 남아 있을 것인가. 훗날 어느 졸업생이, 혹은 어느 교직원이 캠퍼스에 뒤덮인 잡초를 보고 지난날의 애가(哀歌)를 부를 것인가, 혹은 창틀에 쌓인 먼지를 만지며 과거의 영광을 안타깝게 반추하고 있을 것인가.

한국의 대학교가 잡초에 뒤덮인 학교, 혹은 먼지가 켜켜이 쌓인 학교로 남아 있을 것인지, 아니면 솟아오르는 아침 태양빛을 깨끗한 유리창으로 언제나 반사시키며 미래 대학의 표준으로 굳건히 살아남아 있을지는 오직 대학 구원들의 선택에 달려 있다. 그 선택의 대상들에 의미 있는 무늬를 수놓을 수 있는 것은 오직 대학의 구성원들일 뿐이다. 학교가 살아 있어야 크든 작든 무엇을 요구할 수 있는 것이고, 여백이 있어야 비로소 협상의 테이블도 밀어넣을 수 있을 것이다. 그 어떤 것도 학교 앞에 놓일 수 있는 것은 없다. 본인의 이익이 좀 침해당했다고 해서 망할지도 모르는 대학을 상대로 임금 소송을 한다든지 위해를 가하는 어떤 행위를 하는 것은 극심한 이기주의의 발로일 뿐이다.

잡초에 묻힌 폐허에서 의욕의 불씨를, 쓰러진 빈 터에서 삶의 희망을 찾아내기란 어려운 일이다. 잡초에 쌓인 연변과기대는 현재 한국의 대학교가 처한 현실이 어떠한지, 또 그 나아갈 방향이 어떤 것이어야 하는지를 우리에게 강력하게 시사하고 있었다.

■ 대전대신문, 2023년 4월

　　　　　　　　　　　　　폐교를 둘러보며

미국이란 나라에서

　　2011년 1월, 14년간의 교직 생활 덕택에 1년 동안 휴식을 얻었다. 미국 버클리대학에서 보내기로 한 것이다. 이어령 교수가 도쿄 1년간의 연구년 체험을 바탕으로『축소지향적인 일본인』을 기술했는바, 이참에 나도 1년여의 기간 동안 미국에 대해 보고 배운 것들에 대한 인상기를 써보기로 굳게 다짐했다.

　우선 제일 필요한 것이 미국의 역사였다. 역사를 알아야 현재의 미국, 혹은 다가올 미국을 알 수 있었기 때문이다. 그리하여 서점에 나와 있는 미국 역사책을 모조리 사서 미국행 유나이티드항공 비행기 안에서부터 읽기 시작했다.

　그런데 도착 후 한두 달 안에 다 읽었음에도 무언가 부족했다. 실제 역사와 달리 현재 펼쳐지고 있는 그들의 삶이 궁금했기 때문이다.

그래서 버클리 문학회장께 부탁해서 자원봉사자(volunteer) 자리를 알아봐달라고 부탁했다. 봉사 활동만큼 그들의 일상성을 잘 알 수 있는 것도 없는 까닭이다. 그리고 내가 봉사 활동을 시작하기로 한 것에는 목적이 하나 더 있었다. 이른바 이 나라에 대해 갖고 있는 나의, 우리의 부채 의식을 해소하고자 함이다. 전후 미국은 우리나라 사람들, 특히 가난한 사람들에게 많은 구호품을 주었다고 한다. 나는 이런 부분들이 실상 체감하기 어려운 부분이다. 왜냐하면 밥을 먹는 것보다 굶는 횟수가 많았던 나에게 이런 화려함이랄까 유토피아적인 것들은 구경조차 못 했기 때문이다.

어떻든 그랬다고 하니 빚이 느껴지고 있었던 터였다. 되돌려주고 싶었다. 나 하나가 뭘 한다고 이 빚이 갚아질까마는 어떻든 이런 부채 의식을 알고 갚고자 하는 것만으로도 의미가 있는 것처럼 보였다.

그래서 얻은 자리가 리치먼드(Richmond)에 있는 베이 에어리어 구제 전도단(Bay Area Rescue Mission)이었다. 이곳은 기독교 단체가 운영하는, 노숙자(homeless)들에게 밥을 주는 곳이었다. 이곳까지는 당시 거주하고 있었던 유씨빌리지(UC Village)에서 승용차로 20분 남짓 걸리는 거리였다. 굶고 살았던 나에게 이 나라 곪는 자들을 위한다고 생각하니 어색하기도 하고 약간의 희열이 느껴지기도 했다.

그렇다면 도대체 이 나라는 나에게, 우리에게 어떤 존재였나? 어떤 나라가 처해 있는 곤란한 환경 등에는 관심이 없고 오직 군사기지에만 관심이 있는 나라인가(설정식 시인), 아니면 민주주의가 자국민에게만 실천되고 국가 간의 문제로 들어서면 민주주의를 적용하지 않는 나라(김대중 전 대통령)인가. 혹은 자신들의 이해관계에서 벗어나면 침략도 서슴지 않을 뿐만 아니라 독재자 하나쯤은 쉽게 제거할 수 있는 나라인가. 미국은 이런 복잡성을 늘 나에게 던지고 있었던 나라였다.

2011년 3월 초부터 9월 초까지 6개월간 매주 2회씩 6시간을 봉사했다. 그런데, 미국 속으로 점점 들어가면서 처음 의도와는 다른 길을 가고 있음이 느껴지기 시작했다. 이 사회를 비판적으로 보려 하는 감각이 무뎌지고 경우에 따라서는 점점 사라져감을 느끼기 시작했기 때문이다. 이 나라도 누군가의 도움이 필요한 사람이 많은 나라였고, 그들 또한 거대 국가의 테두리에서 갇혀 있어 무시되어야 하는 존재가 아니라 존중받고 사랑받아야 할 존재들이었다는 사실이다.

이런 사유와 더불어 비판의 감각이 무뎌진 것은 봉사란 순수한 동기가 되어야 한다는 사실 때문이었다. 그래서 이 나라에 대해 책을 쓰는 것도, 이 나라에 대해 가졌던 여러 복잡성에 대한 이해를 포기하기로 했다. 게다가 칭찬이 아닌 비난의 책이 어떤 의미가 있을까 하는 회의도 들었거니와 그저 순수한 마음으로 봉사만 하기로 했다. 마음을 바꾸니 봉사 활동이 더 즐거워지기 시작했다.

이때의 활동 가운데 가장 기억에 남는 일은 양파 써는 것이었다. 하루는 너무 매워서 세 시간 내내 계속 눈물을 흘렸고. 결국 눈이 퉁퉁 부은 채로 집에 돌아오기도 했다. 하지만 내가 만든 음식을 맛있게 먹고 가는 흑인들이나, 히스패닉계 사람들의 뒷모습을 보니 양파 썰며 흘린 눈물은 보람의 그것으로 바뀌어 있었다.

미국 생활의 반 이상을 이곳 리치먼드에서의 봉사 활동으로 보냈다. 봉사 활동을 마치는 날 매니저는 나에게 감사의 말을 했고, 기념으로 우리는 이를 사진으로 몇 장 남겼다.

매니저는 건강했고, 급식소를 운영하는 기독 단체 역시 모범적인 것이었다. 이 나라가 갖고 있는 그 모든 복잡성과 혼란에도 불구하고 굳건히 유지될 수 있는 것은 이런 건강한 부르주아지들이 있기에 가능한 것이 아닐까.

나 역시 이를 통해서 얻은 것이 있다. 내 나라가 있기에 이런 활동이 가능했다는 사실이다. 조국이라는 튼튼한 배경이 있기에 한국인 '내'가 있는 것이고, 이를 토대로 한 봉사 활동이 가능한 것이 아니었겠는가. 저 멀리 서쪽에 작지만 다이아몬드처럼 강한 나라, 모국어의 나라가 있지 않은가.

이방인으로 만난 다카키 선생님

2011년은 나에게 소중한 한 해였다. 연구년을 맞아 미국 버클리대학(UC Berkeley)에 있는 한국학연구소의 방문학자(Visiting Scholars)로 갈 수 있는 기회를 얻을 수 있었기 때문이다. 2011년 1월 29일 유나이티드항공을 타고 샌프란시스코로 향하는 길은 여러 가지로 설레었다. 하지만 약간의 머뭇거림이랄까 두려움도 없지 않았다. 영어를 제대로 할 수 없었기 때문이다.

우리 세대는 누구나 그러하듯 영어 듣기를 제대로 못한다. 학창 시절 영어라고 배운 것은 독해와 문법, 발음기호, 악센트 등뿐이다. 어학 공부에서 가장 중요한 회화 공부는 하지 못한 까닭이다. 그래서 미국에 도착하자마자 얼마 되지 않아 영어를 무료로 가르쳐주는 스쿨에 다녔다. 버클리 어덜트 스쿨(Berkeley

Adult Schools)이다. 하지만 완전한 무료는 아니었다. 한 학기 동안 50달러를 내야 했기 때문이다. 예전에는 무료였는데, 아놀드 슈워제네거라는 유명 배우가 캘리포니아 주지사를 하면서 재정이 악화된 탓에 50달러 정도는 받기로 했다는 것이다.

이 성인 학교는 소위 영어를 모국어로 하지 않는 지역에 살고 있는 사람들의 집합소와 같았다. 방문 학자도 있었고, 남아메리카에서 생계를 위해 몰려든 사람들도 있었고, 단기 어학연수를 위해 오는 사람들도 있었다. 마치 인종들의 전시장 같은 분위기를 연출하고 있었다. 나는 오전 9시부터 시작하는 세 시간짜리 수업을 신청했다. 토, 일을 빼고 매주 꼬박꼬박 수업을 하는 강행군의 일정이었다.

먼저 들어간 곳은 중급 수준의 클래스였다. 한국인들은 문법을 잘하기에 문법 실력만으로도 기초반을 벗어날 수 있었다. 미국 선생님들은 가끔 묻곤 했다. 도대체 한국인들은 왜 문법을 잘하느냐고 말이다. 하지만 이에 대해 어떤 답을 주어야 할지 망설여지곤 했다.

이 학급의 선생님은 조그만 여자 미국인이었다. 캐럴 다카키(Carol Takaki)이다. 남편이 일본인이었기에 일본식 성이 붙은 것이다. 그는 버클리대학 동양학 교수였지만, 루게릭병으로 세상을 떠났다고 한다. 동양인의 미국 진출사에 대한 좋은 책의 저자이기도 했다.

어덜트 스쿨에 종사하는 대부분의 선생님들은 은퇴자이며 자원봉사자였다. 자신들의 언어를 전파하기 위해 기꺼이 자원봉사자로 나서는 모습이 보기 좋았다.

자원봉사자는 어떤 경우이든 긍정적으로 비춰진다. 게다가 열정적으로 가르치는 그들의 모습에서 깊은 존경심이 느껴지기도 했다. 나도 강단에 있기에 그녀가 수행하는 교수법이나 열정 등을 받아들이고 싶었고, 또 실제로 한국에 와서는 그렇게 하기도 했다.

하지만 이런 호의나 긍정의 정서에도 불구하고 알 수 없는 하나의 자의식이 있었다. 그것은 그녀의 남편이 일본인이었다는 것에서 오는 것이었다. 일본인이 한국인에 대해 갖고 있었던 왜곡된 감정이나 그들의 이중성에 우리가, 내가 노출되어 있는 것은 아닐까 하는 선입견이 그것이다.

실제로 이 시기 방문학자로 오는 한국인들은 내가 보기에도 그렇게 썩 좋지 않은 인상을 줄 수 있는 행동들을 많이 보여주고 있었다. 모든 것을 돈으로 해결하고자 한다든가 집단으로 몰려 다니면서 골프를 치고 다닌다든가 혹은 방문학자라는 신분과 달리 오직 여행과 같은 유흥에만 몰두한다든가 등의 모습이 그러했다.

이방인으로 만난 다카키 선생님

이런 복잡한 생각의 실타래가 옭아매고 있었지만, 나는 배우는 자의 모습, 곧 학생으로서의 겸손한 면만 보여주면 그뿐이라는 생각으로 복잡한 나머지의 생각을 접기로 했다. 그녀가 우리에게 보여준 열정에 배우는 자로서의 진지함과 겸손 등으로 보여주면 그만 아니겠는가.

수업은 50분씩 쪼개서 세 번으로 진행되었다. 한 시간의 수업이 끝나고 10분의 휴식 시간이 주어졌다. 이때를 이용하여 담배를 피우고 싶은 사람은 건물 밖으로 나가고, 커피를 마시고 싶은 사람은 선생님이 교실 한 자락에 마련한 커피 믹스를 이용했다(물론 공짜는 아니고 한잔에 1/2달러를 놓고 먹어야 한다. 은근슬쩍 안 내고 먹는 사람도 있었다).

수업이 끝난 후엔 백보드(칠판)가 온갖 글씨로 지저분했다. 나는 지우개로 그 모든 것을 지우고 유성펜 등을 백보드 위에 가지런히 놓았다. 수업이 끝날 때마다 계속했다. 그런데 한두 번으로 그칠 줄 알았던 이런 행동이 1년 내내 지속되자 다카키 선생님은 나를 달리 보는 듯했다. 그의 의문에 답을 주어야 했다. "한국인은 스승에 대해서 항상 최선의 예의를 다하는 것이 전통입니다."라고 했더니 그래도 뭔가 이해가 잘 안 된다는 눈치였다.

그래서 과거 우리 풍습 가운데 하나를 이야기해주었다. 과거 서당에서 공부를 마치면, 부모는 스승에게 시루떡을 해준다고 말이다. 그랬더니 눈이 휘둥그래지면서 의외라는 표정을 지었다. 우리나라의 학교 예절, 특히 과거부터 그런 단면이 있었다는 사실에 놀랍다는 반응이었다.

이제 미국 생활을 마치고 돌아올 시간이 되었다. 나는 다카키 선생에게 100달러짜리 세이프웨이(Safeway) 기프트권을 선물하고 일 년간의 공부를 수료했다. 그녀는 이 선물권을 받으면서 투 머치(Too Much)를 반복했다. 그런 다음 다시 베이 지역(Bay Area. 베이 지역이란 샌프란시스코와 버클리 등의 지역을 달리 가리키는 말이다)으로 오게 되면 꼭 연락하라고 신신당부했다. 그러면서 메일 주소까지 일러주었다. 가끔 연락하라고 말이다.

한국으로 돌아오자마자 다카키 선생에게 메일을 보냈다. 한국에 잘 귀국했고, 그동안의 가르침에 감사하다는 내용이었다. 곧장 답이 왔다. "미스터 송이 한국으로 돌아간 뒤 어느 누구도 백보드를 지워주는 사람이 없어"라고 말이다.

이방인으로 만난 다카키 선생님

시대를 역행하는 대전의 시외 교통

현대(modern)의 특징은 속도(speed)에 있다. 어쩌면 이 감각이야말로 과거와 현재를 가르는 가장 큰 구분점이 될 것이다. 그리고 이 속도의 근저에 놓여 있는 것이 시간이다. 시간을 어떻게 단축해야 하느냐에 따라 현대성의 핵심인 속도라든가 현대인의 삶의 질이 결정된다.

속도를 지탱하는 시간이란 본디 신의 영역에 속하는 것이었다. 창세기의 신화에 나와 있는 대로 6일간의 창조와 7일째의 휴식이 말해주는 것처럼, 시간은 신의 것이었기 때문이다. 하지만 중세에 들어 시계가 발명되면서 시간은 하늘에서 서서히 인간의 영역으로 옮아오기 시작했다. 여기에 고리대금업이 성행하고 이자율이 더해지면서, 시간은 곧 황금(Time is Gold)이 되었다. 시간이 신으로부터 완전히 인간의 것으로 바뀌게 된 것이다.

시간이 인간의 영역, 곧 황금으로 자리하면서 인류의 문명은 이를 어떻게 효율적으로 이용하느냐에 따라 달라지게 되었다. 뿐만 아니라 교통수단 역시 시간과 불가분의 관계를 유지하면서 속도라는 현대의 이념을 대변하는 상징으로 자리하게 되었다.

1908년 경부철도가 개통되었을 때, 육당 최남선은 이 열차가 흡사 나는 새처럼 빨랐다고 했거니와 중세의 신분 혹은 계층 사회에 시간적인 의미에서의 균질성, 평등성을 부여했다고 했다. 가령, 남대문역(서울역)을 출발하는 열차는 양반이라고 해서, 혹은 대감이라고 해서 기다려주지 않은 것이다. 출발 시간이 되면 모두 기차에 올라야 했고, 그렇게 동시에 출발해야 했다. 말하자면 이때 개통된 경부선 열차는 모두에게 시간상의 평등을 주었던 것이다.

요즈음, 대부분의 도시에서 고속버스 터미널이 고속도로 인근에 건설되는 것은 모두 시간의 효율성, 혹은 평등성을 위해서이다. 복잡한 시내를 거치지 않고 곧바로 시외로 빠져나가기 위한 최적의 조건 때문이다. 그런데 공항버스를 비롯한 대전의 주요 노선 버스는 복합터미널에서 곧바로 대전IC로 나가지 않는다, 둔산에 한번, 롯데호텔 인근에서 또 한 번 정차한 다음 북대전IC로 빠져나간다. 어림잡아 30분 정도를 시내에서 허비하고 있는 셈이다. 나갈 때 그러했으니 돌아올 때도 마찬가지이다. 문제는 출퇴근 시간과 겹치게 되면 대전복합터미널까지 오는 데 거의 1시간 가까이 소요된다는 사실이다. 그렇지 않다면 터미널에 벌써 도착해서 집으로 귀가해야 할 시간인데도 시내에서 계속 시간을 허비하고 있는 것이다. 이런 정체현상은 복합터미널을 이용하지 않는 승객에게도 결국은 동일한 시간의 낭비를 가져온다. 터미널에 빨리 도착했다면 그렇지 않을 때보다 더 일찍 귀가할 수 있기 때문이다.

이런 불합리성에도 불구하고 공항 버스 등이 복합 터미널에서 곧바로 대전IC로 나가지 못하는 것에는 어떤 합당한 근거가 있어서 그러한 것인가. 인구나 이용자가 많아서, 아니면 정부청사가 곁에 있어서 그러한가. 그렇다면, 서울 강남터미널의 고속버스는 잠실에 인구가 많으니 그곳에 들러서 가야 하고 과천에 정부청사가 있으니 이곳 또한 거쳐 가야 옳지 않은가. 그런데 현실은 전혀 그렇지 않다.

대전복합터미널은 많은 투자를 거쳐서 만든, 다른 어느 지역보다도 훌륭한 장소로 널리 알려져 있다. 그 출구에 쓰여 있는 모토가 우선 남다르지 않은가. 세계와 한국의 중심, 대전의 중심, 곧 복합터미널이라고 하고 있으니 말이다. 그런데도 복합터미널은 썰렁하기 그지없다. 그러니 어찌 이곳을 대전의 중심이라고 할 수 있는가. 터미널은 북적이는 장소가 되어야 한다.

복합터미널에는 여러 교통 수단을 이용해야 비로소 도달할 수가 있다. 그런데 여기에 도착한 승객들이 고속도로로 나아가기 위해서는 온 만큼의 시간을 시내에서 더 낭비해야 한다. 이럴 거면, 동구나 중구 혹은 대덕구민들을 위해 복합터미널에서 대동 등을 거쳐서 판암IC로 나가는 경우의 수도, 문화동 등을 거쳐 남대전이나 서대전 IC로 진입하는 경우의 수도 고려해야 한다. 그래야 공평하지 않는가.

현대적인 의미에서 시간은 모두에게 빠르고 똑같이 효율적으로 적용되어야 한다. 시간이 누구에게는 황금(Gold)이고 누구에게는 돌(Stone)이 되어서는 곤란하다. 이런 차별없는 공평이야말로 현 정부가 추구하는 공정과 상식이 아니겠는가.

■ 중도일보, 2023년 7월 11일

시대를 역행하는 대전의 시외 교통

대전 찬가

　　　　　대전의 역사는 멀리 삼국 시대부터 시작된다. 백제의 우술군에 속했거니와 신라와의 경계를 만들기 위해서 계족산성이 축성되었다. 이후 역사는 오래 흘러갔지만 근대 이후까지 대전이 특별히 주목받은 적은 없었다.

　이렇게 미미한 존재로 남아 있던 대전이 역사적으로 각광받기 시작한 것은 아마도 근대 이후의 일일 것이다. 특히 경부철도가 개통되고 그 역의 한 축을 담당하면서 비로소 대전은 근대 도시로서의 면모를 갖추기 시작했다.

　경부철도는 일제에 의해 한반도와 대륙 침략을 위한 교두보로 설계되었다. 1901년 기공식을 한 경부철도는 순차적으로 노선과 역사(驛舍) 등이 건설되면서 1905년 정식 개통되기에 이르른다. 경부선의 출발은 서울역이었지만 실질적인 출발 역할을 한 것은 부산역이었다. 한반도와 대륙 침략을 위한 수단으로, 곧 제국주의 일본의 필요성에 의한 수단으로 부설되었기 때문이다.

처음 경부선이 개통되었을 때 대전의 모습은 어떠했을까. 개통 직후의 사진이 남아 있지 않지만, 이때의 상황을 어렴풋이 알 수 있게 해주는 자료는 남아 있다. 바로 육당 최남선이 쓴 「경부철도노래」가 그러하다. 이 창가집(唱歌集)이 출간된 것은 1908년(신문관)이다. 그러니까 철도가 개통된 이후 5년 뒤의 일이다. 「경부철도노래」는 일본인 오와다 다케키(大和田建樹)의 「만한철도가(滿韓鐵道歌)」를 모방한 것으로 알려져 있다. 명칭은 비슷했지만, 그 동기나 결과는 현저하게 달랐다. 「만한철도가」는 조선과 중국 동북부 지역의 지리를 알리고자 한, 세계지리의 차원으로 기획되었는데, 이는 곧 일본의 대륙침략을 돕기 위한 방편 역할을 했다.

하지만 「경부철도노래」는 우리 국토에 대한 이해와 이를 대중에게 널리 알리기 위한 의도에서 기획되었다. 서울을 가려면 많은 시일이 걸리던 것이 하루면 가능했으니 그동안 미지의 영역으로 남아 있던 숨겨진 국토의 곳곳을 대중에게 소개하기 위에서 창작된 것이다.

「경부철도노래」는 7.5조로 된 시가로 철도가 지나가는 곳이나 인근의 명승고적(名勝古蹟)을 자세히 소개하고 있다. 그 가운데 대전의 모습도 이렇게 소개되어 있다. "마미 신탄 지나서/태전(太田)에 이르니/목포 가는 곧은 길 예가 시초라/오십오 척 돌미륵 은진에 있어/지나가는 행인의 눈을 놀래요"(29장). 대전과 인근 논산이 소개된 것이 이채롭거니와 마땅히 소개할 역사 지리가 부족했던 탓인지 대전은 단 두 줄로 제시되어 있다. 하지만 이광수, 홍명희와 더불어 조선의 3대 천재였던 최남선의 눈에 비친 대전의 모습은 비교적 정확한 것이었다. "목포 가는 곧은 길 예가 시초", 곧 교통의 중심점으로 대전을 소개하고 있기 때문이다.

호남철도가 완공된 것이 1914년이다. 그리고 그 기점과 종착역은 대전과 목포이다. 서울과 목포가 아닌 것이다. 최남선은 "목포 가는 곧은 길"이라 했으니 철길을 두고 한 말은 아니다. 이는 적어도 다음과 같은 사실을 말해준다. 철길과 육로길 모두 대전은 목포로 가는 중심이었다는 사실이다. 대전은 목포와 부산으로 가는 길의 분기점에 놓여 있었고, 그 상징성을 갖는 도시였다. 그리고 이 지리적 장점으로 인해 대전은 비약적으로 발전하기 시작했다. 1930년대는 대륙으로 가는 국제열차가 일주일에 두 번 정차하기도 했다. 국내 지리와 세계 지리의 한 축을 대전은 온전히 담당하고 있었던 것이다.

교통의 결절점으로 출발한 대전은 인구 대비 가장 많은 대학이 있는 도시이고, 또 과학 두뇌가 많이 운집한 연구 단지를 두고 있다. 정부 3청사의 존재로 고급 공무원이 다른 어떤 도시보다 많거니와 깨어 있는 시민 또한 넘쳐난다. 이는 대전이 비판적 지성의 요람이 된다는 뜻이 된다. "어디 사느냐"고 할 때, "대전에 산다"고 하면 "엘리트 도시에서 사는군요" 하는 말을 자주 듣는다. 이 말에 미묘한 흥분이 느껴지거니와 대전 시민으로서의 자부심이 느껴지는 순간이다.

교통은 흐름이라는 상징성을 갖고 있다. 엘리트 집단 역시 마찬가지이다. 그래서 대전은 지리 공간이 개방되어 있고, 지식공간 또한 열려 있게 된다. 분열이나 갈등은 흐름이나 소통에 의해 초월될 수 있다. 따라서 시대를 이끄는 힘의 중심점이 대전이라는 말이 가능해진다. 국제열차가 다시 출발해야 할 곳, 강산(江山)을 이끌어갈 빛이 어리는 곳, 이곳이 바로 대전이다.

■ 중도일보, 2024년 4월 23일

대전 찬가

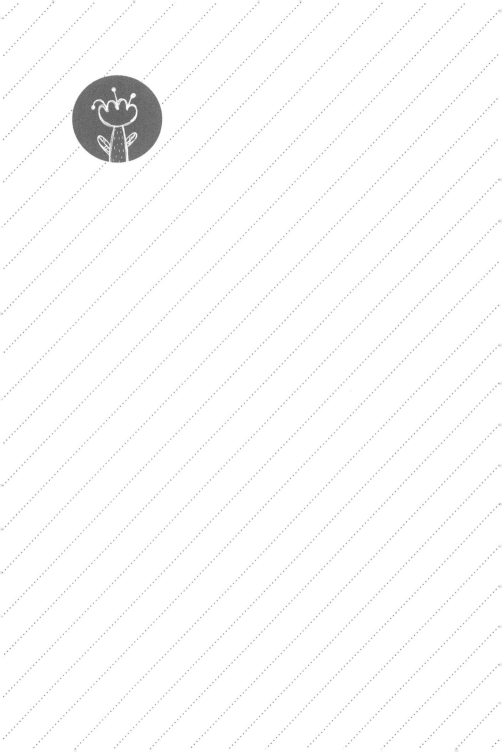

혼자서 가는 거다

혼자 가는 거다
마지막은

거친
풀꽃 더미에
있었어도

갈 때는
모두와 함께가
아니다.

처음처럼
마지막
또한

그렇게
가는 거다
혼자서